万圣节

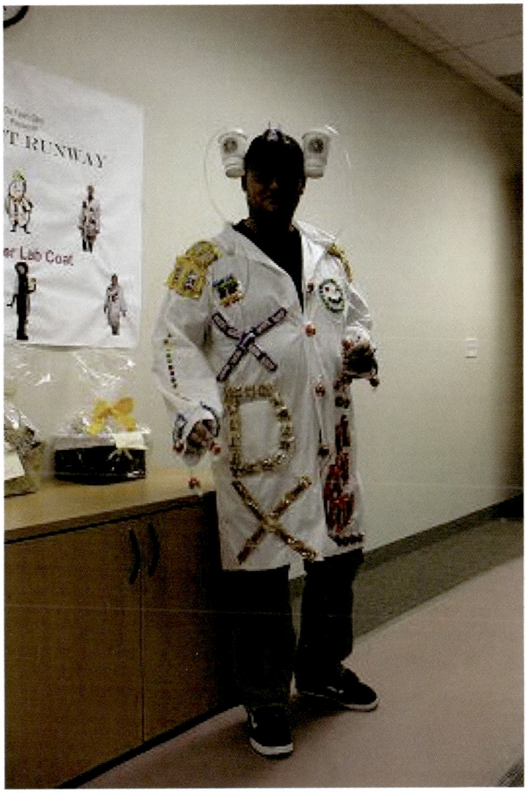

公司服装赛

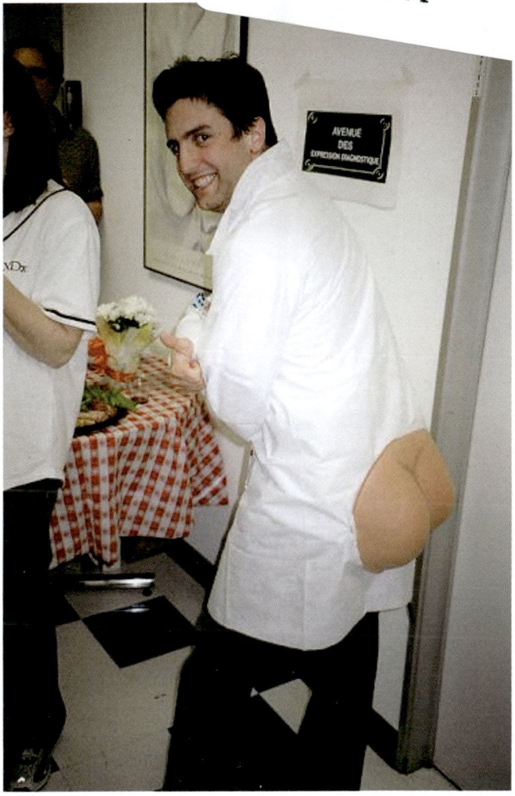

服装赛

狗跑赛

狗跑赛

地震长跑

地震长跑

五月五

厨师学校

美国大汉堡

农场

农场

农场

美国生活大爆炸

一个中国科学家在美国硅谷的生活观察录

冰清◎著

世界知识出版社

图书在版编目(CIP)数据

美国生活大爆炸 / 冰清著.—北京：世界知识出版社，2013.8

ISBN 978-7-5012-4527-7

I.①美… II.①冰… III.①随意-作品集-中国-当代IV.①I267.1

中国版本图书馆CIP数据核字（2013）第197264号

全程策划 唐人易和
责任编辑 张永椿
责任出版 刘 喆
封面设计 嘉设计

书　　名 **美国生活大爆炸**
Meiguo Shenghuo Da Baozha

作　　者 冰清

出版发行 世界知识出版社
地址邮编 北京市东城区干面胡同 51 号（100010）
电　　话 010-65265923（发行） 010-85119023（邮购）
网　　址 www.wap1934.com
经　　销 新华书店
印　　刷 北京市凯鑫彩色印刷有限公司
开本印张 710×1000 毫米 1/16 $14^3/_4$ 印张 2 插页
字　　数 215 千字
版次印次 2013 年 11 月第一版 2013 年 11 月第一次印刷
标准书号 ISBN 978-7-5012-4527-7
定　　价 32.00 元

自序

虽出身理工世家，但我自幼喜爱文艺。我一直梦想成为一名演员，体验不同的人生。我觉得不停地换工作，尝试各种职业，会是件很有意思的事。但是我不得不接受现实。我需要学一个相对容易找到工作的专业，然后找到一份稳定的工作养活我自己。于是我就在与梦想背道而驰的理科路上一直走下去了。我的生活也变得枯燥而简单。每天在实验室里和机器和电脑打交道，这与我理想中的生活相距甚远。2005年，在工作之余，我偶然开启了美食专栏的写作，从此我的生活完全改变了。每天繁忙的工作之后，我又重新找到了接近理想的人生之路。

2006年，我刚刚开始写美食专栏一年，我的好友，曾经在上影当过演员的美女作家曾宁上任《明报》美西版编辑，向我发出约稿邀请。彼时，我一头钻进美食写作中，无暇再顾及别的内容。她的一番话点醒我，为什么不写周边的硅谷白领职场生活呢！外界对硅谷精英在生活中的喜怒哀乐都感兴趣，把它们写出来，一定会吸引人的。只是她只需要每篇500字，我必须学会裁剪得当，既要写好故事，还要把字数控制好，其实这并不容易。有经验的编辑都知道，把长篇往短了改是不容易的，相比之下，把短的往长了抻还是容易许多。

我本来就不清闲的生活变得更加忙碌了。我的公司离我家很远，开车如果不堵车要45分钟，如果堵车就遥遥无期，一个小时，或一个半小时也是常有的事。我每天坐通勤火车上班，在火车上的时间，我拿着掌中宝电脑开始写作。我周围的同事，我公司里发生的有趣的事，火车上的见闻，以及和火车上旅客的聊天内容，都成了我的写作素材。我的写作范围已经不仅仅包括公司里的事，邻居公司的事，硅谷各行各业各种职业的故事，统统走进我的文章里。

我们公司是个典型的硅谷高科技公司，从老板在自家车库创业，到后来成为一百多人的公司，这其中的发展我都一一经历了。我刚进公司的时候，公司还很小，只有十几个人，随着公司的发展，人越来越多，公司也愈来愈有钱。终于我们拿到足够的投资，也有了FDA批准的产品，眼看就要上市了。但是以前亲密无间的同事开始为了升迁和股权勾心斗角，上演了一幕幕精彩大戏，这些人和事，没有亲身经历是无法编出来的。我庆幸经历了这个过程，也让我对美国职场中的阴暗一面有了足够的了解。而这个过程中发生的那些事也极大地丰富了这本书的内容。

当然，公司并不都是阴暗的，还有很多美好的回忆，比如公司的盛夏烧烤，一年一度的实验服装走秀，公司员工智力竞赛，还有我们曾经参与过的那些公众活动，你见过化装成搞笑的狗狗，拉着购物车，在旧金山闹市区奔跑的我的那些同事们吗？那些扮成歌星，极其认真地打鼓唱歌，参加公司唱歌比赛的员工们……所有这一切都是那么新鲜有趣，我相信，你在任何一本描写硅谷的书中都不曾见过。

我不仅写硅谷打工人的人生百态，还记录了几个白手起家的老板。在以往印象中，华人公司都不能进入主流社会，总是给人皮包公司的感觉。而我有幸认识一个华人创业集体，他们每个人都有一个动人曲折的故事。写下来就是一本极其精彩的励志书。从他们的故事里，你会了解到为什么硅谷会成为全世界的高科技中心，为什么这里总是充满活力，富于创新？硅谷为每个创业者提供了平等的机会，你抓住了，你就能成功。我希望我的书能给国内那些向往或者已经开始创业的人一些启示。

本书最后一段本来要写硅谷各族裔美食，但是因为另外还有一本写异国美食的散文集要出版，两书内容有重叠，不得不忍痛割爱删掉，好在这样字数比较合适，不会让人觉得书稿太长了，让人看不下去。

也许市面上写硅谷的书不少，但我相信我的书是最独特的一本。它是硅谷众生百态的缩影，也像一本小小的硅谷百科，里面涉及了硅谷生活的方方面面，从一个侧面让你了解硅谷人的真实生活。从硅谷看世界，角度不同，想法会不一样，正是这样与众不同的思维方式和生存环境，让硅谷魅力无限。

目录

CONTENTS

第一辑　职场风云

第二辑 大千世界

第三辑　硅谷情事

第四辑 芸芸众生

第一辑 职场风云

硅谷身处全世界高科技重镇。日新月异的技术，顶尖人才的云集，激烈的市场竞争，层出不穷的创业者，拼凑出不一样的职场风景。走进硅谷公司，感受独特的硅谷职场文化，体验一种全新且截然不同的风情。

厕所靶子

我们公司的厕所比较特别，虽然有两间，却是不分男女。说起来，还有一段复杂的故事。

两年前，公司雇了一个叫凯利的漂亮害羞的金发女孩。她看上去总是闷闷不乐，衣服也总是穿得邋里邋遢，谁也不知道她心里在想什么。终于有一天，公司领导把所有的人都召集到一起，宣布了一个惊人的消息：凯利一直不想做个女孩子，她下决心要选择做男孩。

为了帮助她完成这个转变，也为了让她在开始的时候，不至于对自己的性别认知产生混乱，公司决定，把公司现有的男女厕所加以改造，做成男女不分的两间一模一样的厕所。同时，为了让公司里的人适应这个难以接受的变化，公司特意请了心理治疗师为大家做心理辅导。经过一段时期的心理调适，大家终于接受了“她”变成“他”的事实。凯利也从此变得活泼开朗，脸上总是挂着开心的笑容。

不过，男女合用厕所很快就出现了问题。某些男士如厕时，不拘小节，尿液溅得到处都是，马桶被搞得脏兮兮的，让女士们非常不满。于是，不断有女士在墙上贴出警告，希望男士们小便时多加注意，保持厕所环境卫生。可是，这一切毫无用处，男士们依然故我。

突然有一天，厕所的墙上挂了一个小纸盒子，里面装了许多彩色的小鱼。旁边还贴了一张纸，上面写着：“亲爱的绅士们，在你们小便时，请使用厕所靶子（Toilet Target）。使用方法详见盒上说明。”

原来，这是美国的一种婴儿用品，专门用来训练小男孩使用马桶。家长把一条小鱼扔到马桶中间，让小孩子对准小鱼撒尿，有了目标，小孩子就不容易把尿撒到马桶外面去。这种小鱼是用玉米淀粉加压膨化做的，有点像爆米花，溶于水，不会污染环境，即使被小孩子误食也不会有生命危险。

哈！不知是哪位高明的女士想出来的法子，既委婉又有效。也许是使用厕所靶子真的有了效果，也许是男士们不想让自己连孩童还不如，从此以后，我们的厕所真的变干净了。

一颗怪蛋

一个公司就是一个团队，需要每个人都步调一致、同心协力。任何一个性格古怪的人，或者难以相处的人在公司里都会对其他员工造成困扰，也会影响工作效率。因此，美国公司在雇人的时候，常常要考察应聘者的与人的相处能力。他们认为，一个人能否在公司里和所有的人都和谐相处，比出色的工作能力更重要。那些与公司里其他员工格格不入的人，是不受欢迎的，被称作“怪蛋”（Odd Egg）。在美国公司里还有这样一句俚语“每个公司都有一颗怪蛋”，意思是说每个公司里都会有一个行为古怪的人。

在我曾经工作过的公司里，就碰到过这样的人。我的上海同事蕾就是这样一颗“怪蛋”。刚来公司时，蕾逢人便说，她家在中国如何有钱，地位高。她一直把自己当作世界的中心，所有的人都要围着她转。她在公司里负责维护自动加样机。市场上像她这样的人材比较缺，因而她开始还真的很得宠。问题就是从她和生物资讯部的副总裁合作一个项目开始的。因为公司小，再大的人物也要下来干活，而副总裁的这个项目恰恰需要她的帮忙，这在小公司里是再平常不过的事了。可是蕾不这么看，她认为副总裁选中她是因为她高人一等。项目做完以后，她觉得自己是副总裁的心腹了，便恃宠而骄，经常到一小时车程以外的地方吃午饭，一出去就是四五个小时，公司里需要她解决问题，可是根本找不到她人影。她还在上班时间出去购物，喝咖啡，而交给她的任务她总是完不成。渐渐地，公司里的许多人开始有意见。在年终评定时，她老板只给了她一分，并且给了她三个月的改进时间，而她却满不在乎，她认为她和高层关系很好，她怎样做都不会有事。三个月到了，那些高层人物没有一个人出来替她讲话，那个副总裁更是怕沾上她，刻意疏远她。大家就这样眼睁睁地看着她被公司赶走。

听到这个消息，我的心情是夏杂的。诚然，每个公司都有一颗怪蛋，但是我无论如何不希望这颗怪蛋是我的同胞。尤其是在以老美为主的公司里，亚洲人本来就占少数，如果不能融入主流文化，一定会在公司里混不下去的。究竟蕾是怎样变成一个“怪蛋”的呢？分析起来，大概有这样几个原因：

一是对自己的定位不够正确。虽然公司里的人职位有高低，在工作面前，还是人人平等的。每个人都应该做好本职工作。老板雇一个人，是为了完成工作。和老板关系再好，你还是一名雇员。如果不能完成工作，损害了公司的利益，老板也会不高兴的。而且，无论出身如何，在美国，大家是站在同一条起跑线上，没人会因为你的家事怎样就会对你另眼相看。自己不能以此作为骄傲的资本，尤其不能认为自己高人一等而要特权，更何况是在不确定自己是否真的拥有特权的情况下。

二是对公司的情况不够清楚。小公司通常是一个萝卜一个坑，和高层领导一起干活，稀松平常。小公司里因为人太少，大家低头不见抬头见的，更要和每个人都处好关系，千万不能只和上层相处好，而对下层不重视。固然每个人的职位都不可替代，但是得罪了下边的人，影响了团队的合作，就会对公司不利。任何领导都不会容忍这样的事。作为老板，公司的利益高于一切，这是任何私下的亲密关系也比不上的。能够得到领导青睐的人，一定是那些既能想领导所想，为领导排忧解难，又能和下面的人打成一片，两头都叫好的人。

由此可见，在职场中，要想如鱼得水，一定要和上下级关系都处好，千万不要做这样一颗“怪蛋”，总是显得很个别，在众人中鹤立鸡群，这样下去，即使和上级领导关系好，也不能成为保护伞。做一个受大家欢迎的人，做一个领导喜欢，群众也喜欢的人，这样的人才能成为职场高手。

有窗户的办公室

我们是一家未上市的小公司，开始在一个大仓库里，没有空调，也没有什么像样的办公室，大家都在格子间里凑合，连公司总裁也是窝在小小的一个房间里。后来公司发展壮大，又雇了许多人，原来的地方实在太寒碜了，才搬到现在的地点。

公司有了这么一大笔钱，自然是把新地方好好装修了一下，公司里那些有头有脸的人物都坐进了像模像样的办公室，还余下两间没装修好的，分配给谁就成了问题。

按理说，最应该给的就是印度人拉娜，她有名牌大学的博士学位，又有很多年的工作经验，手下还管着几个人。她的工作在全公司可以说是非常重要，决定公司未来的前途。她本人也要求了很多次，怎么轮也该轮到她了。

没想到，新的一间办公室分配给了一个叫贝姬的白人女孩。这个决定跌破了所有人的眼镜。贝姬只是大学本科学历，五年工作经验，仅仅因为她是公司唯一懂得使用自动加样机的人，公司离不开她，再加上她人长得漂亮，嘴又甜，所以尽管她的职位不高，公司领导却对她宠爱有加。什么活动，都让贝姬出来讲话。最开始，她只是个合同工，可是很快转成了正式工，还给她手下雇了人。她现在什么活都不用干，每天待在办公室里，指挥下属干这干那即可。平时有空就去上上课。尽管公司说，目前财政还比较紧张，没钱给员工出去上课，但是她的课从来都是公司付钱。

看着公司这么偏心，拉娜尽管心里不高兴，但是安慰自己说，没关系，这间办公室没有窗户，还剩一间有窗户的呢！就在此时，临床实验组的主任苏珊突然告诉拉娜，她不喜欢她现在的办公室，因为没有窗户，采光不好，她要换到这间有窗户的办公室来。这个苏珊可不是省油的灯，岁数不小，官位不低，但是很多年没做具体工作，实验室的事一窍不通，什么都得问别人。就这水平，也不知咋的，官位升得那叫快，真不明白领导看上她哪点了？拉娜说，如果我皮肤也是白的，我不知比苏珊职位高多少呢！

拉娜万万想不到苏珊竟然会来跟她抢，难道辛苦等来的办公室又要归了别人？她不得不据理力争："为什么不给我？是因为我资历浅吗？嫌我胖，不漂亮？还是嫌我皮肤黑？”就差说“种族歧视”了。领导一听，拉娜这话中有话啊，为了不惹上“种族歧视”的官司，就痛痛快快把这间公司最好的办公室给了她。拉娜风光地搬进了新的办公室。苏珊酸溜溜地跑来说：“你知道吗？这间办公室本来是我的。”拉娜装傻说：“没听说过。”苏珊不死心地说：“既然你搬进来了，可要好好照顾我的办公室，别弄脏了啊！”拉娜心想：“怎么？还想威胁我？还惦记着把我赶走呐！”我笑着告诉拉娜：“革命初步取得成功，同志仍需继续努力。”

两个程序员的故事

狄恩和大卫在前一个公司是同事，两个人都是普普通通写软件的程序员。后来公司裁员，两个人就找工作找到了这家小公司。

狄恩是个中国人，会的计算机语言多，什么C++，Visual Basic，还会统计学专用的SAS，连数据库也会，于是他就成了IT组的万金油，谁有问题都找他，甚至连计算机上网的事情也要他管。他每天忙得不行，连周末都要加班。他人又老实，只知道勤勤恳恳地干活，从没有动过别的脑筋。他为人善良，又好说话，求他的人也就多。平时，大家有事只要叫他一声，他就马上过来帮助你解决问题，从不拖沓。他办事效率也高，一定在第一时间为你搞定。有一次，他回国探亲，怕大家有事找他，还把国内家里的地址给留了大家。哪知他前脚刚走，公司后脚就真的出事了，数据库里的一些资料取不出来。电话一个接一个地打到了国内，连时差也不顾，害得他半夜三更爬起来给大家解决问题，连休假也没休好。

大卫是个印度人，只会做数据库。有一次，他去拉斯维加斯赌城开会，看到一种新的数据库，他就向公司建议用这种新的系统。他说这是现在其他生物医学公司都在用的，我们也不能落伍。公司里的其他人都不懂，自然是他说什么就是什么。他买了全套的数据库安装上，但是不给别人碰，只有他自己用。他还说人手不够，要雇人，公司就招了个人帮他。过了些日子，数据库建的差不多了，可以试运行了，他请公司领导试用，向他们讲解他的系统是多么多么好。他的口才很好，虽然带着印度口音，但是英语流利，没有语法错误，用词也准确，讲得天花乱坠的，领导听得也很满意，就给他升了一级。

后来系统出了问题，大家都急了，因为大家已经用得习惯了，离不开了，简直是没有这个系统，公司都不能运作了。大卫胸有成竹地说，没有问题，一定能修好，但是现在人手不够，还要雇人。另外他还想把公司的网页做得漂亮点，所以需要一个写网页的程序员，还需要一个软件测试员。大家都知道这个数据库有多重要，尽管公司财政紧张，还是一口气为他雇了三个人。

大卫说他手下管着这么多人，现在这个头衔已经不合适他了，他应该升成IT部门的主任了。没办法，公司已经太依赖他了，只好什么都顺着他。就这样，大卫成了狄恩的领导，每天呼风唤雨的，常和公司高层出去吃饭开会，还经常在公司大会上讲IT组的工作成就，一点具体的事都不用做了。而狄恩还是那个每天辛辛苦苦写软件的程序员，被各个组的人呼来喝去的，像奴隶一般。

如意算盘

在美国要想往上升，就得表现领导才能，怎样才能表现出来呢？就是拼命雇人，管的人越多，越说明你有本事。你自己的工作干得怎样已经是次要的了。

丽萨是个大学本科学历的研究助理，想雇个比她水平低的，可就难了。这行业随便抓一个都有博士学位的，就算是硕士，熬几年也能混个小领导当当，本科能爬上来很难。

她想来想去终于想出一招：大家平时都忙着做实验，实验室里的杂活没人干，比如刷瓶子啦，贴标签啦，把样品输入数据库啦，清理冰箱啦，等等，需要雇个实验室助手帮着大家打杂。实验室里的众科学家一听：言之有理，那就雇吧！

于是广告打出去，可是回复的很少。这年头受过教育的人谁愿意去刷瓶子啊？等了好久，才有两个人申请。电话打过去，只有一个人的电话打通了，是个准备进生物系的大一女生，想趁暑假打点工，一来赚点零花钱，二来学点专业技术。

丽萨面试了她，是个漂亮甜美的墨西哥女孩，叫克里斯汀娜。她说得好好的："我一定把瓶子刷好，再去学新的技术。"丽萨觉得这个女孩太精了，可是又没有别的选择，就让她上班了。于是，一干没有研究助理的科学家们还在实验室里苦哈哈地干活，职位小小的丽萨却悠闲地指挥起自己的部下了。"克里斯汀娜，你去帮我配个溶液，什么？不会用测PH的仪器？我教你。”丽萨觉得不像是她雇了个助手，倒像是添了个累赘。

这新来的女孩也不是盏省油的灯，别看她表面上答应刷瓶子，而实际上一进实验室就一头扎进了科学家那堆人里。她嘴巴甜甜地叫着大家，帮着大家倒垃圾，配溶液，贴标签，去仓库取东西，然后就在一旁学习技术，完全不把丽萨放在眼里。水池里的瓶子还是没有人刷。丽萨忍着怒气，对克里斯汀娜说，你昨天的标签贴错了，瓶子也没刷完。对方回敬一句：“昨天我给科学家安迪打下手去了，他教我做酶的链式反应来着。当初不是说好了，我是整个实验室的助理，谁的忙都要帮么？”“但是，我是你的老板呀，你归我管，我叫你做什么，你必须要做，别人要用你，得经过我的同意。”“可是你也没给我安排什么活呀，你懂的技术也很少，没法给我一些指点，我不还是得向那些科学家求教么？”这倒是真的，丽萨自己的水平不够，根本不知道怎么管理和使用这个助理，还不及别人知道怎么培养和利用她。

丽萨眼看控制不了局面，又不好发作，只好陪着笑脸对新人说：“你看，三个月后我要给你做评定，你要是表现好，以后可以留在这里做Partime。”女孩甩甩长发说：“不用了，我该学的都学会了。我已经在对面公司找到Partime工作了，薪水比这里还高，再见！”

公司形象

公司里的人事处长因病辞职了，大家都说最高兴的要数茱莉的老公了。这话听起来有点莫名其妙，公司的人事处长走，跟与公司毫无关联的茱莉老公又有什么关系呢？这件事说来话长。

茱莉的老公本来就是个不爱参加活动的人，茱莉公司里举办任何活动，要求带家属的，他从不参加。只有一次，难得他愿意和茱莉一起出席。他是旧金山棒球巨人队的超级粉丝。公司组织大伙儿去看巨人队的比赛，他终于同意和茱莉一起观看比赛。

赛前，公司在停车场办烧烤派对。大家都戴着公司发的带有公司标识的遮阳帽子。这帽子本身只有公司员工才有，配偶是没有的。可是那天，发帽子的人搞混了，给了茱莉两顶。茱莉并不知情，就顺手给了自己老公一顶。派对上，茱莉老公戴着公司的帽子，忙里忙外地为大家烧烤，非常惹眼，结果被人事处的处长看到了，她很不高兴，就很不客气地找到茱莉，对她说，这帽子只有公司员工才有，你老公怎么可以也有一顶？快去把他的帽子摘下来，退还给我。这话给公司副总裁听到了，他把茱莉拉到跟前，小声说：“我不认为人事处的做法是对的，一顶帽子没几个钱，没必要去伤害你老公。”茱莉摇摇头，是的，一顶帽子没几个钱，我们也不愿意占公司的便宜，还是还给公司吧！

于是，茱莉把老公头上的帽子拿下来，还给了人事处长。她老公自然觉得很尴尬，也很没面子，更是觉得很扫兴。他本来高高兴兴来看比赛，还辛辛苦苦地帮老婆为大家服务，却碰上这么一出，实在太伤自尊了。比赛没看完，茉莉的老公就拉着她走了。打那以后，公司无论举办什么活动，茉莉的老公都坚决不参加了。

这件事很快传得全公司都知道了。大家都觉得人事处长的做法很过分。其实这件事完全没有必要搞得那么严重，不过是一顶帽子，值不了几个钱，如果当初人事处的人不那么较真，也不会出什么事。何必为一顶帽子搞得这样无趣，还损伤了公司的形象，让人觉得这家公司那么小气，连一顶帽子都计较。公司的形象往往就体现在一些小事上，如果人事处的人不懂得处理，就会因小失大，得不偿失。大家都说，如果这样的人做人事处长，大概处理不好人事纠纷，还会添乱。公司当初怎么瞎了眼，雇了这么一位当人事处长，这简直是历任里最差劲的一位，赶快换掉她吧！

也许是天意，她病了，一直说病好就来上班，但是病一直就是不好，终于还是决定辞职了。大家都松了一口气，至少，我们可以有个新的好一点的人事处长了。

公司的圣诞大餐

每年圣诞节左右，公司都要请全体员工吃个大餐，用来感谢一年来员工们的辛勤工作。这顿饭把员工打点好了，接下来的一年，员工才有积极性，继续努力工作。所以，一般硅谷的公司都会花大钱，到高级宾馆为大家订最好的饭菜招待员工。我们公司虽小，每年也会花血本，在像样的餐厅让大家好好吃一顿。今年也不例外，虽然最近经济形势不太好，公司还是早早发了通知，圣诞大餐照办。大家都满怀期待地等着这一天。

那天中午，许多人都提前到了会场。公司领导先讲了话，说最近经济不好，下一轮的投资还没着落，今年就不发红利了，大家要勒紧裤腰带过日子，节省着花钱，然后就上菜了。只见人事处主任推着一个小推车，上面用锡纸包着几块东西，还有几袋面包，像是大卖场买来的。还有几小盒土豆沙拉。打开锡纸，原来是几片冷冰冰的火腿和火鸡肉。

大家不禁大失所望，开始嘀咕起来，就拿这么差的食物对付我们啊？领导说："请大家多担待，因为处处都要省钱，只能请大家吃这个了！"有人说，"节省不在这一两顿饭呀！"公司里浪费钱的事多着呢！干嘛临床组的人总是往欧洲跑？这机票旅馆都不便宜。他们一走就是全组八个人一起走，有这个必要吗？听说他们去出差5天，只有两天在工作，其余3天就跟公费旅游差不多，在欧洲各地游玩，钱可都算在公司的账上。宾馆住的至少是300美元一晚上的，还是一人一间，那么多人一起去，都不挤在一起住的。他们吃饭出游都是公司报销。就这么白忙活了半天，欧洲市场还是没有着落。

还有，那个漂亮的白人女孩奈丽经常做砸实验，让公司损失万把元是家常便饭。有一次，她订错了荧光标记试剂，3万元的东西打了水漂。她还把应当放到冷藏室的DNA聚合酶遗忘在了室温的实验室里，5万元的东西就全浪费了。那些钱让大伙吃好几顿都有了，可是她仗着自己年轻貌美，会拍马屁，还不是什么事也没有?

从前有一位叫玛丽亚的人事处长，对公司的这些做法非常看不惯，她提出来过，但是被人排挤。那年的圣诞大餐她都没参加，圣诞一过，她就辞职走了。公司里的很多人都挽留她，但是这样扶不起来的公司，哪里能留住她？大家看到今天的情景，不禁又想起了她，纷纷议论起来："要是玛丽亚在就好了。"

我听了大家的议论心想，瞎操什么心啊？现在这年头，有份工作，有免费午餐吃就不错了。反正我们是打工的，怎么经营公司是领导的事，提了建议，他们听还好，要是不听，在公司里就没好日子过了，何必呢？我们打工的嘛，享受现有的一切就行了，不吃白不吃，想到这儿，我又往盘子里放了一大块火腿。

同事情深

最近我收到了以前同事发来的电子邮件，我们一年两次的同事聚会又要开始了。

说起来很有趣。我原本在全美最早的一家干细胞公司上班，后来这家公司被当时全球最大的制药公司诺华公司买下，只运行了一年，诺华就决定把技术转移到意大利，而我们这个分部就全部关掉，同事们也各奔东西。有一些比较要好的同事就说，公司虽然不在了，但是大家的友谊还在，我们今后有时间还要时常聚会。就这样，几个热心人把大家的通信地址收集了，找了赞助单位，在大家分手后整两个月时，在一家墨西哥餐厅成功地举办了第一次过去同事的聚会。

还记得第一次聚会，我好不容易找到餐厅，刚进门，就看到一个熟悉的身影，原来他就是当初雇我的日裔老板史蒂文。当初我申请这家公司时，是史蒂文面试的我，他拍板雇佣了我，但是等我上班的时候，他却离开，去了另一间公司。自从面试之后，我们就再没见过面。没想到，竟然在这个聚会上碰上了。只见过一面，他居然还记得我，真让我惊喜。他让我先去要个饮料。原来这次的赞助人是在摩根·斯坦利公司做投资的一个同事，他出资让餐厅提供给大家无酒精的玛格丽塔饮料，还有餐前小点心。一大罐的饮料放在一个装满冰的大桶里，我们拿杯子舀出来喝。而桌上摆满各色墨式小点，浸透各种香料的鲜红的辣烤鸡翅，散发出阵阵香味；金黄的炸墨西哥春卷整齐摆放在铺着紫色甘蓝丝和淡绿色生菜丝的盘子里，中间有一小撮红色的Salsa番茄酱，配绿色的鳄梨酱，好看又美味；酥脆的烤玉米卷，口袋状的塔克饼，拉着奶酪丝的托提亚面饼，错落有致地排在透明的玻璃盘中。薄如纸片的炸玉米片，蘸上由褐色豆泥，绿色鳄梨酱，红色番茄酱，白色酸奶油，黄色柴达奶酪酱，黑色黑豆酱，棕色的牛肉酱组成的七彩酱，大家就这样，边吃边聊，从旧日的友谊聊到新的工作，还有对未来的畅想。分手时，大家都互留了地址，相约今后再聚。还有热心人做了个群发邮件的单子，说以后有活动或者新的工作资讯都会通知大家。

打那以后，我们这种聚会每半年一次，从2000年至今，从未间断过。

开始的时候，只是我们这些老同事们叙旧，逐渐地，大家不断带来新朋友。有人要找工作，就带来自己的简历，有人要招人，也带来招聘广告。同时，大家还交流各自公司的新技术，还有新的商业模式，也有一些理财专家，猎头公司参与进来。久而久之，我们这个聚会变成了一个信息交流的地方，我们这个组织也越来越壮大。从开始几个同事，到现在的几百人，成了一个湾区有名的生物技术人员圈子，名声甚至传到了外州，很多刚毕业的学生都找到我们这里。还有一些对中国有兴趣的公司，也到这里寻找可以帮助开发那里市场的人。有时，也会有金融公司的人给大家介绍一些新的理财方式，或是来这里推销自己公司产品的。就这样，原本一个普通的同事聚会变成了包罗万象的信息人才交流会，这恐怕是谁都没有预料到的。

学会宽容

我来到公司附近的一家越南餐馆吃饭。刚进门，就看见我的白人同事丽兹也在这里吃饭。她一见我进来，赶紧让服务员打包没吃完的食物，看也不看我一眼就走出餐馆。

她到底为啥和我结了这么大的仇呢？说起来是一件再小不过的事了，很不值得一提。

我在组里建立了一套新的实验方法，老板要我教给大家。我说我自己先做几次，等一切都没问题了，我再教其他同事。于是我就计划了几组实验。恰好其他几个同事那天有空，就提出要在边上看我怎么做。我就答应了。我说等我开始做的时候，会发电子邮件通知他们。有几个人就把自己的电子邮件给我留下了。

做实验的当天，组里大部分人都来看我做实验，刚看到一半，就见丽兹气冲冲地向我跑来，一见我就气急败坏地说："今天开始教实验了，为什么不通知我？"我忙说，"这只是演示，他们是自愿来看的，谁给我留信箱号，谁就得到了通知，你没告诉我你要来，自然也就没通知你"。她说，"那大部分人都来了，为何独独缺了我？"我说那是巧合，我不是故意漏掉她的。怎么说，她也不能接受。最后她大声吼道："你这是对我不尊重，我要到老板那里去告你。"我也气急了，说："你对我大声吼，不礼貌，我也把你告到人事处去。"最后，老板真的把我们的事闹到了人事处那里。

老板不得不开了一个会，把我们几个当事人找到一起开会，了解事情的真相。她对老板说，她如果没学会这个实验，我要负全权责任。我跟老板解释清楚了整个事情的来龙去脉。老板说双方都有责任。他指指丽兹："你不应该在事情没弄清楚之前就大吼，她不是故意漏掉你的。"他又指指我："你如果看到人数很多的时候，就应该想到不如让整组的人都来听，以后做事要灵活一些嘛！"他又对我们说："好了，事情都解释清楚了，现在我们要和解。"丽兹说："对不起，我不应当对你吼，但是你知道这是有原因的。"我也说："丽兹，我不应该漏掉你，但是你知道，这不是故意的。"

虽然当着老板的面，我们和解了。不过，从此以后，她便不再和我讲话。我主动搭理她，她就跟我翻白眼。我和她的好朋友沟通，和她老板沟通，他们都对我说，别白费劲了，她是那种不懂得宽恕的人，就由她去吧，她不理你，你也不必理她。既然他们都这么说了，我也就停止努力了。

其实，这是件多么小的事！如果她懂得宽容，事情也不会闹到今天这个地步。退一步，海阔天空。一个人要是总记仇，就永远得不到快乐。人要学会忘记，学会宽容，才会活得潇洒。

完美结局

早就听说我们组要重新组合。原来的一个大组将分成三个小组。而我目前的老板将成为三个小组的总管，他将再找三个人来管我们。我们剩下的四个人将会分在这3个组里。但是谁去哪里，这可就不好摆平了。三个组依次为新技术组，临床技术组，生产组。谁都想去新技术组，那里可以学到很多新的东西，还有机会发表论文，出去开会，更有机会让自己上公司专利的名单。更吸引人的是这个组的老板是我们大家一起面试过的，他不但技术上很强，还特别懂得怎样做老板，充分发挥手下人的积极性，帮他们制造机会，让他们有成长的空间，自然这个组成了香饽饽。

临床组其次，把临床上的想法在实验室里实施，也是很诱人。谁都不想去的就是生产组，每天都是重复性劳动，不能接触新技术，时间久了，人就落伍了。可是谁也没想到的是，进这个组的人有成为项目经理的可能，今后还要招一大批新人，现在进组的人将来就要管这些新人。我临时在这个组做代理经理，老实说，真是压力很大，不光是工作量大得惊人，人事关系也不好处。

我每天都要制定严格的时间表，安排哪个员工做什么工作，每小时都要有人做事，每一步都要按时完成，才能保证整个流水线的顺利进行。不但如此，我还要按照项目的财政预算，订购合适的实验材料，既要保证材料的质量，还要保证价格在我们接受的范围之内，同时还要估算用量，不能多订，也不能少订。我觉得我简直就是一个小公司的老板，精打细算还要完成任务。赚到钱，这可太不容易了。

光是工作上累人也就算了。人事上的问题更加难办。原来大家是一个组的，彼此都平等，突然让我管他们了，人家也不服气，时不时给我捣捣乱，真让我头疼。别看老美平时都很有礼貌，嫉妒起人来，一点不输东方人。有两个老美女孩对我一点不服从，总是想法子找点问题出来为难我。一会儿故意不完成工作，一会儿故意请假，一会儿告到老板那里，说我时间安排不妥，管理水平差。幸好组里还有几个男生，比较明白事理，在老板调查情况的时候，实话实说，没有为难我，让老板了解到了实情。几个男生也比较听话，按时完成了任务，让我们的进度还比预期超前。老板对我的管理水平很满意，一直说要提拔我。可就在这个节骨眼上，发生了分组的问题，真是让我紧张。我很怕老板看我做得好，就让我留这组了。我是一百个不乐意到这组的。我这个人对当官不是很感兴趣，还是更喜欢尝试新东西，当然新科技组最吸引我。

没想到，真正分组时，最嫉妒我的一个女孩转到其他部门去了，另一个不服我的女孩看见我也喜欢新技术组，为了和我分开，自愿到临床组。而组里唯一的男孩想得到管理经验，就选择去生产组。

最后，老板对我说，前一段时期，我的表现很好，他本来就想让我进新技术组，没理由不让表现好的人不能如愿。但是没想到，其他几个人也很配合，没给他找什么麻烦，大家都找到了自己喜欢的位子，皆大欢喜。

同甘不共苦

偶然收到以前一个老朋友的电子邮件。老朋友在信中向我诉苦：本来公司计划得好好的，第二个产品今年年初问世，然后股票上市，大家都能捞一笔。毕竟公司已经经营了八年，他在里面也已经干了五年，该是收获的时候了。

何况他刚进公司的时候，公司只是在一个大仓库里，顶棚还有个大洞，下雨时都会漏水。有时候小鸟也会钻进来。房间连空调都没有，夏天热得像火炉，整天要开最大马达的电风扇吹着，就这样也解决不了问题。遇到天气实在太热的时候，只好让员工回家避暑，毕竟在工作单位中暑了不是闹着玩的。冬天也好不到哪里去，冷得像冰窖，做实验时还得穿着厚厚的羽绒服，可还是给冻得直流鼻涕。

公司没钱，买个500元的东西，还得需要好几个人的签字，最后一个签字的是副总裁。工资低不说，福利也差。健康保险都是穷人才用的Bluecross（蓝十字保险）。更没有401K退休金，也没有后天受教育的学费。就连开party都租不起公园里的设备，只好上大老板家里去烧烤。

但是那时候人心齐，困难的时候，不管你是总裁还是小职员，大家一起工作，不分职位高低。总裁为了照顾员工，经常从家里拿些小零食招待大家，有时候还让自己的太太烤些小饼干什么的送到公司来。虽然不值几个钱，但是这份心意还是让员工心里暖烘烘的。副总裁也特别平易近人，有时候实验忙起来了，他会在实验台上和大家一起做实验。哪个女员工工作晚了，要乘车回家，他会亲自开车送到车站。没有高低贵贱，大家一起同甘共苦才有了公司的今天。

后来公司雇了许多新人，公司也从仓库搬到了离海湾很近的新房子里。随着公司一天天壮大，又多了许多新的副总裁。他们都以为他们运气好，在公司最好的时候加入公司，来了干不了几年，公司就会上市，还能捞一大笔。可是很不幸地，公司运营状况不好，第二个产品失败了，公司的情况急转直下，再加上目前股市不好，上市机会十分渺茫。在这样的形势下，几位屁股还没坐热的副总裁相继辞职。公司三天两头看到有人离开公司的电子邮件。

老朋友愤愤地说："我们最艰苦的时候他们都没经历过，他们一来就享福，可是出了事，他们就溜，只能同甘，不能共苦。"可不是嘛！作为公司的高层领导人，在公司出现问题时，不是想办法帮助公司度过难关，而是撒手不管，一走了之。这样实在让那些跟着公司一起成长的老员工们很寒心。不过走了也好，大浪淘沙，剩下的才是金子。说不定有一天，苦尽甘来，坚持到最后的人才笑得最好。

团队建设

上个星期，我们课题组的全体成员收到了项目经理的信，说要搞一个团队建设活动，要大家出谋划策。开会时，大家集思广益，畅所欲言。有的说，去租一条船到海上钓鱼；有的说去弹子房打球；有的说去参观博物馆；有的说坐游艇去看鲸鱼；有的说去看赛车表演；有的说去看电影；还有的说去吃饭……我听着这些建议，觉得和团队建设一点关系也没有啊！

经过大家的解释，我才明白：我们这个团队是由来自公司各个部门的人组成的，平时大家不在一个组里，不了解其他组的情况。为了更好地合作，需要组员之间互相了解。团队建设就是为了这个目的。在一个公司里，团队建设是一个很重要的活动，公司会出很多钱来搞这个活动。这是美国企业文化的特色之一。在一些大公司，因为经费充裕，他们甚至组织全体组员去赌城拉斯维加斯旅游一趟，在游玩的过程中增进组员的互相了解。

也有像我先生那样的公司，组织员工去烹饪学校学习做一套意大利菜。大家穿上白色工作服，带着厨师帽，俨然个个都是大厨。学校老师给大家分派任务，每个人都负责这套菜的一个步骤。有人负责炸鸡排，有人负责做沙拉前菜，有人负责摆盘子，有人负责烧烤蔬菜配料，大家分工协作，最后把这套菜做出来，大家享受美食，举杯庆祝，还得到一张厨师学校发的毕业证书。味道好坏先放一边，就这样做菜，需要每个环节都配合默契，一道环节出了问题，下一个就无法进行，团队精神彰显无遗。

像我们这样的小公司经费有限，只好组织一些简单的活动。据说公司人少的时候曾经组织过去蒙特利湾看灰鲸，效果相当不错。现在人数多了，还去租船看鲸鱼，开销就太大了。最后经理决定大家一起去一家好点的餐馆吃午餐。来的人里有我们研究部门的，临床部门的，软件部门的，生产部门的，还有市场部门的，共十来个。点好菜之后，开胃菜先上来，有烤大虾，炸鱿鱼圈，青菜沙拉，山羊起司涂面包片，大家边吃边聊。从工作聊到各自的文化背景，有人来自印度，有人来自中国，有人来自阿富汗，有人来自非洲，也有人来自南美洲，有人就是土生土长的美国人……这个团队还真像个联合国，五大洲的都有，真是为了同一个目标走到一起了。

这是家价位较高的意大利餐厅，今天经理也特别慷慨，大家除了叫丰富的前菜，每个人的正餐也不逊色，有的人点了苹果木熏鸭肉，有人点迷迭香小羊排，有的人盘子里是纽约牛排，有人是酸子三文鱼……大家分别谈起各自盘子里的食物，交换美食心得，也交换了友谊。午餐之后，团队人员感情加深，合作也更加默契，团队建设果然见效了。

开船典礼

新年刚过，公司也搬了新家。第一天上班，面对着的是一堆没有拆开的纸盒子和空荡荡的实验室。我们几个人提议，何不在实验室收拾停当，正式运转之前，来一个Party？因为一旦一切走上正轨，实验室里就不准吃吃喝喝了。趁着一切还未开始，我们要在新的工作地点好好乐一乐，形式就效仿古时的水手们在出海之前举行的开船典礼。

第二天，老板带来了一瓶香槟酒，一瓶桔汁，一袋英式松饼，一瓶果酱，一盒黄油，还有一盘巧克力。这是干嘛呢？原来，这是老板按航海开船的规矩，做了个类似开船典礼的仪式。依照航海惯例，首先由船长讲讲资格最老的水手的光荣事迹。老板很感性地回忆起他们刚来公司时的情景：那时公司还没拿到风险投资，用的都私人企业家的资助，什么都要节省着用，连开Party的食物都是员工自己做的或是从自家拿的。公司只有十个人，活多的时候，不管你是总裁还是个普通实验员，大家都在一起干活。和硅谷许多创业公司一样，公司最开始就在一个地下室里，没有空调，光线很暗，连窗户都很少，那真叫“不见天日”。但是大家都没有怨言，咬着牙挺过来了。

就这样，几年下来，公司拿到了风险创投资金，在市场上有了自己的第一个产品。我们的公司也从地下室搬到街上一间有正式办公室和实验室的专门给生物公司的房子。我们每个人都有了自己的办公间，老板们也有了办公室，不像过去那么简陋，都是玻璃板门的隔间。公司办活动也不必让员工自带食物了，而是去餐馆订菜。每个月公司都要开一次大会，而会上的午餐也是公司提供，并且每个月都不同，这次是墨西哥菜，下次是越南菜，再下次是中东菜，中国菜、炸鸡、三明治、汉堡、印度菜、泰国菜……换着花样地吃。可真是今非昔比啦！

再后来，公司继续扩大，那个办公地点又不够用了。于是，我们搬到了山上这幢风景优美的大楼里。图书馆里的落地窗能够看到美丽的旧金山湾，这是多么心旷神怡的事！我们的实验室也能看到海景，做实验做累了，可以站在窗前，远眺大海，相信心情都会好很多呢。

公司今年的目标就是要把第二个产品做出来，如果市场形势好，说不定还要准备股票上市呢！老板说，希望我们能达成目标，让公司这艘大船能够顺利地到达目的地。说完，老板把从航海商店里买来的一个用锦缎包着装满水的酒瓶用力一摔，酒瓶碎了，开船典礼完成。我们举着香槟酒，享受着美味的食物，开始了我们的狂欢。

干得好不如说得好

咱们中国人来美国，就知道埋头苦干。可是光是这样低头干活，那是绝对升不上去的。美国和中国一样，干活的人不一定受重用，还是能说会道的人吃得开。

公司里新来一个科学家。老板先让他在实验室里实习。他却一点也不安心，实验做得乱七八糟，全部的心思都用在怎么做报告，怎么写论文上了。有空就找领导们聊天，专门盯着有权有势的人拍马屁。这招还真管用，上头的人都知道他，觉得他很能干。到了年底，职称评定，他竟然升了一级。底下的人都不服，觉得他什么活都没干，还做错不少实验，凭什么让他升？可是上头说，他报告做得好，谈问题很有见解，水平很高，应该给他升。

我们中国人英文阅读都不差，可惜在学校里没有强化英文写作和口语，出了国就发现，这方面还比不了人家印度人。印度人虽然英文发音口音很重，但是人家讲得流利，没语法错误，老美都听得懂。中国人都心灵手巧，又吃苦耐劳，勤勤恳恳低头干活，不爱出风头。可是这样就吃大亏了，老美干活时想起用你，“升官发财”时就想不起来你了。我也是看透了这一切，才努力锻炼自己的英文演讲能力，有机会就去上课，在研究生院里也修了英文演讲的课。不过即使如此，我还是觉得自己和老美的水平差得很远，还需要不断地提高自己。

这天，我实验中有一些新的发现，我和老板讲，我想在组里的会上给大家讲一下，老板同意了。于是，我连夜做了幻灯片，图文并茂地呈现给大家。讲的那天，很多人都从会议室路过，看着一个中国女子在演讲，都觉得很奇怪，因为很少有中国人愿意这样在大庭广众之下讲话的。

最近公司刚招个中国人进来，她的口语不太好，不敢做报告。那天，她见我在台上讲，就问我怎么那么厉害。我说这全是给逼出来的。刚来时，我也不敢讲，可是我发现这样下去不行，眼看就连饭都吃不上了。咱们中国人没别的本事，只会好好干活，可是活干好了，人家还是不用你，升职，涨工资，从来想不到你。怎么办？你必须学会推销自己。英语不是咱们的母语，要想往上爬就要付出更多的代价。咱们的强项要做得比老美好几倍，人家的强项咱们也要学，学人家的文化民情，会干活还要会说话。玻璃天花板肯定是存在的，要想冲破它，只能改变自己。咱们在人家的国家混饭吃可不易啊！不但看家本事要有，自己的弱项也要加强，只有这样，才能立于不败之地。

感恩节大餐

每年感恩节的前一个星期五，公司都会举办一个感恩节大餐Pot Luck。公司会出钱买一些食物，而每个员工也会带自己本国特色的美味佳肴。

大餐的前一星期，组织者就在前台放了一张表，让大家把要带的东西登记一下，以免带重样了。不过似乎大家有意想在当天来个惊喜似的，开始几天，登记的人廖廖无几，直到开吃前一刻，各色食物才陆续端上来。

那天的食物实在是太丰富了，来自世界各地的员工都亮出了自己的拿手好菜：伊朗人带来的是富有中东特色的小食——葡萄叶包米饭和起司，pita饼和鹰嘴豆泥做的Hummus蘸酱，还有酥酥脆脆的蜂蜜和核桃仁做的甜品“巴卡拉瓦”；印度人带来了浓郁的马萨拉咖哩鸡，还有香喷喷的肉桂果仁炒米饭；越南人带的是清淡的裹着各色蔬菜和米粉的米纸春卷和晶莹红亮的越式猪肉皮火腿肠。公司里其他几个中国人带的是蔬菜炒面和扬州炒饭。有个上海人带了蟹肉蒸烧卖，非常受欢迎。还有一个信佛的素食者买了三鲜烤麸，结果老美们都不敢尝试，以为那是什么奇怪的东西，解释清楚了，他们才敢吃。有个年轻的中国人，大家都以为他不会做饭，结果他带来了自己卤的牛腱子肉，不但一片片切好了，整整齐齐摆在盘子里，还切好一些卤豆干摆在旁边，上面还撒些香菜做装饰，又美观，又好吃，让大家对这个80后男孩刮目相看。因为公司里没有日本人和韩国人，我就冒充一下，带了自制的紫菜鳗鱼寿司卷和蟹棒黄瓜寿司卷，还有自己腌的韩国泡菜。一个美国人带了意大利番茄酱肉丸面，另一个美国人带了一大锅法式炖鸭。有一个老美不知要带什么，自己又不会做，就从中国店买了只烧鸭充数。

那些不会做饭的年轻一些的美国人就准备饮料和甜品，从店里买了各种颜色口味的果味汽水，几种奶油水果蛋糕，各色奶油甜饼干，感恩节常见的番薯派和南瓜派，新鲜水果，冰淇淋等。再加上公司出钱买的生菜沙拉，还有熏火鸡（感恩节是不能让火鸡缺席的）和蜂蜜火腿，整整摆了一长溜的桌子，从这头吃到那头也需要花好长时间，吃完都得扶着墙离开啦!

这个午餐，花色品种实在太多了！即使每样都尝一点点，也很容易就饱了。大家都说这比公司请客吃得还好呢！

拼车计划

去年我一直坐火车上班，今年公司搬了家，火车不能坐了，只好开车。一个小时的车程，若是一个人开，既辛苦又枯燥，算上车的耗损和日日飞涨的汽油费，实在是很不划算。恰好公司里其他三个人的家都离我很近，大家商议，何不我们四个人一起Car Pool？有个朋友给了一个很贴切的中文翻译“拼车”。每天只开一辆车，坐四个人，大家轮流开车，省时省力又省钱，真是好事一桩。

于是，我们拼车四人组就正式成立了，组里成员包括软件组的安柏、市场组的维尼特、临床组的乌潘。我们每天早上8点10分在大华99商场前面的停车场集合，从那里出发上班。前两个星期效果非常好，拼车不仅让我们能够走快车道，节省很多时间，差不多每人一星期只开一次，降低车子损耗，更是省了很多汽油钱。此外，大家在车里聊聊天，开车的人也不寂寞。而因为我们四人来自不同部门，以前在公司里都很少走动，现在天天在一起说话，终于有了互相了解的机会。不仅如此，我们还从中了解了公司各部门的情况，相互交流了信息。

可是后来问题来了，不是每个人都天天上班，维尼特经常出差，有时轮到他开车了，他人却在外地，只好由别人顶上。安柏的孩子很小，经常生病，她有时就得在家办公。乌潘有时要早走开会，不能和大家一起行动。我的实验有时候不顺利，该走的时候，还没做完，走不了，让大家都等着我。

怎样统计谁开了多少次车，又该轮到谁，就成了一个大问题。维尼特到底是生意人，一下就想出了个妙招：把家里小孩子做游戏的假钱币拿来，分给每个人30元，以一天12元汽油费为准，每天每个坐车的人分摊这12元给司机，到时候计算手里有多少钱，就可以知道谁开了多少。这个主意还真不赖，把拼车中出现的所有问题都解决了。

不过，过了一阵子，又有新的问题出现了。因为我之前不常开车跑长途，驾驶技术和经验比这几个人都少。轮到我开的时候，我的技术常常让几个人冒汗。有一次，我转换车道时，没有看到后面有一辆车，转道之后，差点撞到那辆车，幸亏那个司机反应机敏，躲开了我。但是车里的人都吓出一身冷汗来。还有一次，我开车骑线了，等我发现了，赶紧转回来，结果动作幅度过大，车子差点翻掉。车里的人都变了脸色。这次之后，大家劝我休息一段时间，好好反省自己的驾驶技术，等自信之后，再来开车，不然大家心脏会受不了的。

经过两个月的休息，大家又让我回来开车了。痛定思痛之后，我开始注意了很多，也让大家对我的技术满意了，我们的拼车计划还给了维尼特灵感，让他写出了很好的商业计划呢！我们都说，将来，我们几个人都可以开一家公司啦！

有些朋友注定要失去

刚进公司时，我和一位美籍华人安妮成了好朋友。虽然她是美国出生，不会说中文，但是我们都有华人血统，在一群白人中间还是显得很特别。共同的文化背景，让我们成了无所不谈的好朋友。

那时公司一直很重视白人的升迁，很少顾及到我们。尽管我们都努力干活，实验结果也很好，但是老板只是派活时想到我们，分享成果时却记不得我们了。每每我们兢兢业业，做成了一个个成功的项目，得到的只是口头表扬，实际的酬劳一点没有。等年终总结时，老板也想不到给我们升职。我们做的结果被老板拿去发表文章，我们的名字却不在上面。每次有机会到外面开会学习，也都没有我们的份。久而久之，我们两个人都做得很不开心，常常在一起发牢骚。这样丝毫不能解决问题，只让我们越来越不快乐。

忽然有一天，我觉得我不能再这样下去了，我必须找到解决问题的办法。于是，我找到和我老板关系很好的另一个老板，告诉他我做了什么，问他这些结果值不值得出论文。那个老板才知道我们做了这么多成果，他立刻向我老板建议，我的某一个科研成果应该写成论文，他还和我老板说了我很多好话。从此，我老板开始重视我，给了我很多机会，终于把我升了上去。而安妮却什么都不做，仍然陷在无休止的抱怨里面，不能自拔。眼看我升了，她却原地踏步，自然更不开心，我们的友谊也渐行渐远。

直到有一件事成为我们分手的导火索。由于我的实验结果比较好，老板决定让我在全公司的大会上做一个报告，宣读一下我的结果。那些日子里，我每天专心写我的报告，没有注意到她的失望表情。她认为我有什么事瞒着她，又总是忙自己的事，不再陪她散步聊天。她认为我对友谊不忠，而我觉得这事不算什么大不了的，不值得我非要详细讲给她听。在公司讲完报告，我发现安妮的脸色很难看，她质问我，在公司讲报告这么大的事为何要瞒着她？我说我不是刻意瞒着，而是因为我不觉得这是很大的事，非要嚷嚷得全世界都知道。再说，我也不把这事当成多大的荣耀。后来我才知道，她把这件事当成很大的荣誉，曾经为了能有这样的机会费尽心思也没得到。这是她一直梦寐以求的机会，不想让我轻而易举地得到了，她觉得心里非常不平衡。

以后的日子，她一直躲着我。我试图对她好，向她解释事情的经过，但是她拒绝我的任何好意。到后来，她更是吃饭时都不和我一个饭桌。公司开会时，如果我坐到她身边，她扭头就走，把我晾在一边，非常不给面子：我还是非常珍惜她的友谊，毕竟我们曾经一起度过了那么多美好的日子，她曾经开车送我到火车站；我忙的时候，主动帮我做实验；在实验样品不够的时候，她还主动献血，补充样本。

曾几何时，我们形影不离，现在却形同陌路。为此，我非常苦恼。我还特意找了老板好好谈过一次。老板对我说，环境变了，人也会变，我和她不可能再回到过去。无论如何，我必须要往前走，没有永恒的友谊，应该学会放下。我终于知道，我已经不能回头，随着我的进步，有些朋友也注定要失去了。

机关算尽

吉娜是公司有名的女光棍。她是个才貌平庸的人，偏偏心比天高，挑来挑去看谁都不顺眼，晃到三十多岁还是小姑独处。

这天，公司新来了一个叫彼得的副总裁，长得英俊潇洒，一头金黄卷发，笔挺的鼻梁，深蓝的眼睛，简直像个电影明星。待人又和气，谈吐优雅斯文。人家还是名校毕业的博士，曾经自创过好几个公司，在高尚住宅区有栋很漂亮的大房子。自己有驾驶飞机的执照，还拥有一架私人飞机。最最重要的是，他还是个单身呢！这样的钻石王老五，谁不动心？

机会来了，吉娜用尽混身解术去接近他。她每天绞尽脑汁想公司的问题，然后时不时找个理由去办公室问他，还给他送点零食，早上故意早点到，去他的办公室里坐一会儿，和他拉拉家常。

从来不修边幅的她，忽然喜欢起打扮来了，常常去名店买来品牌衣服穿在身。只是她品位不够高，穿了贵重的衣服也像打折的，总是看上去很廉价。这都不打紧，反正女为悦己者容，她就是看上彼得了，一定要把他追到手。

听说彼得是个棒球迷，并且是三藩市巨人队的死忠，从来不碰棒球的吉娜赶紧恶补巨人队的资料，每个队员的特点爱好都倒背如流。她特意买了巨人队的球帽，穿上有巨人队的吉祥物的衣服。每逢巨人队有比赛，她就拉着彼得去看。公司里有一票巨人队的铁杆球迷，吉娜一招呼，就是一群人响应，也包括彼得。看完球，大家还一起去酒吧喝酒。吉娜一定要坐在彼得身边，彼得也没有拒绝她。两个人交谈甚欢，吉娜满心以为自己的目的在一步步达到，心里得意极了，这个如意算盘真是打得不错啊！

按理说，彼得对吉娜也是不错的，对吉娜的问题都耐心回答，有求必应。吉娜要求他做什么事，他也是尽可能满足她，只是都限于公司内部的事，两个人之间的私事，他可从不插手。可是吉娜对这种状况不满意，她希望两个人的关系更明确，更进一步。

正好公司准备招待大家看巨人队周末的一场精彩比赛，可以带家属。吉娜就找到彼得说，反正你我都是单身，不如我们坐在一起吧！彼得说我要带个朋友来。吉娜听了心里酸溜溜的，大家都知道你没有女朋友的呀，怎么突然蹦出来一个？哼，我倒要看看这个女人是什么货色！在球赛那天的Tailgate Party 上，吉娜早早就到了。不一会儿，彼得也到了，他指指身边的一个英俊男士向大家介绍说："这是罗伯特，我的男朋友。"说罢，二人亲密地依偎在一起。吉娜看到这一幕，几乎昏倒，她觉得像当头浇了一盆冷水，原来彼得是同性恋啊！

终于有了自己的专利

年前，公司里的技术总监，也就是我老板的老板突发奇想。他说他看了一些资料，原来我们研究的一些基因有分支，目前我们看的是整个基因，不知道实际起作用的是整个基因还是分支，很想做些实验来对比看看，不过现在大家都很忙，有更重要的事要做，等以后有空了再说吧！这件事就这么放下了。

过了几个月，我忙完了手中的事，忽然又想起这个课题，就跟老板毛遂自荐，揽下了这活。于是，我找了好几个资深科学家帮我设计了实验。在接下来的日子里，我早来晚走，认真完成好每一个细节。该加多少样品，该怎么处理样品，整个环节是不是清洁，污染情况如何，每一步都做得小心翼翼的。很多实验都反复做了很多遍，确保实验结果有较好的重复性。碰到做不出来的实验，也是细心研究了每个步骤，确定这些基因无法表达，才放心筛掉。不放过一个机会，也不轻易否定一个结论。就这样，几个月下来，我积累了大量数据。我花了很多时间，将它们分组，好好整理，以便做出明确的结果。

我自己先粗略分析了一下手中的数据，一百多个基因中只有一个分支和主干有显著差异，我兴奋异常，赶紧向老板报告。老板和其他几名科学家经过仔细分析，证明这个分支的确就是真正有作用的部位，这算是一个重大发现！老板立刻决定申请专利。他查了文献，确定之前没有任何人做过类似的实验，确信是我们第一个发现的。于是顺利地申请了专利。

那天，提交专利的律师专门来找我签字。他说，我知道你为这个发现付出了很多努力和心血，所以，你的名字也在发现者的上面。我听了非常惊喜。要知道，这个专利名单上的其他几个人都是赫赫有名的大人物啊！他们当中，有我们公司的技术总监，他曾是乙肝疫苗的发明者之一，在我们这个行业是杆大旗。想当年，他刚加入我们公司，其他投资商都抢着为我们投资，因为他就是希望的标志，他看上的公司肯定错不了，投资商都信任他。而另一名技术部的主任则发现过E型肝炎，也已经拥有不少专利了。能把自己的名字和这样一些人摆在一起，我觉得无比骄傲。我知道，这并不说明我多么优秀，比我水平高的人还有很多，我只不过抓住了机会，运气较好而已。

通常情况下，筛选一百多个基因，得不到任何结果是常有的事。我曾经在一家公司每天筛选过400个样品，做了几个月都没有找出一个有价值的基因。可是话又说回来，假如我不认真仔细做实验，没有关注到样品之间细微的差别，没有捕捉到这个分支的特点，很可能就错过了这次发现。科学上的事情就是这样吧？假如你能认真做好每件事，又能抓住灵感的火花，说不定什么时候，幸运女神就会降临到你的头上。

被解雇后的奇迹

老于本来是在一家华人生物公司当科学家，他负责研究如何降低放射免疫诊断试剂盒的背景读数。他有一套绝活，可以用他自己研制的试剂把背景读数降的很低，大大提高了试剂盒的灵敏度。老板因此大发横财，老于不甘心钱都被老板赚去，除了在公司做，自己私底下也悄悄地做了，偷着在外面市场上卖。尽管掩饰得很好，后来还是东窗事发，被老板发现，并且被开除了。

在美国，被裁员没关系，还能再找到工作，被开除可就难了。人家一听说你是犯了错误，被公司赶走的，名声就坏了，哪里也不会要你，连推荐人都不好找。可怜的老于在四处碰壁之后，决定自己在家创业，车库就成了他的实验室。他在暗无天日，连窗户都没有的车库里，搭起了试验台，从各个被拍卖的倒闭生物公司那边买来很多廉价的实验用品，什么取样器，笔头，烧杯，试管……应有尽有。他就在自己的车库实验室，倒腾这些瓶瓶罐罐的，整天配溶液，测试他自己的诊断试剂盒。

你还别说，他就真的把自己的产品给做出来，并且开始向各个需要的公司卖了。只是万事开头难，第一年他赔了很多钱，被老婆骂得要死，但是他不气馁。第二年他还是赔钱，但赔的少了。第三年他打平了，第四年他开始赚钱。

凭着自己技术上的绝活，他做的试剂盒在市场上大受欢迎，他的公司规模也越来越大。他租了办公室和实验室，大批量生产自己的产品。为了降低成本，产品的硬件都是在中国生产，试剂的分装和质量监控在这边。他知道，一个有生物专业文凭的人薪水不低，他可付不起。于是他就去唐人街衣厂找那些女工，手把手教她们做实验。反正他这里都是重复性的工作，只要心细手巧就够了，不懂生物也没关系。那些女工也乐得为他做。这里的活比衣厂可轻松多了，出粮也准，不会拖欠工资，他付她们8美元一小时，比衣厂付的2.5美元一小时强多了。后来她们知道别的公司做同样工作的人工资比她们多得多，就吵着要他加钱，他也振振有词："你们英文不好，也没有相关文凭，怎么能和人家比？"

钱虽然没给加，但是老于每星期五给她们免费午餐。老于很会讨价还价，总能用最低的价钱买来最好的食物。比如吃中餐，他能让餐馆附带送水鱼汤。逢年过节，除了吃顿大餐，还给员工送个小红包，钱不多，也是个小意思。这招果然很灵，女工们被喂得很满意，很少再吵加工资的事了。

老于的公司越来越有名。他又多租了几间房子，多雇了很多人，行业内部知道他的人越来越多。终于给一家著名的大公司相中，以不菲的价格买走。老于春风得意，在最好的地段买了栋三百万美金的豪宅，他信心满满地说，他正在筹建下一个公司。

谁笑到最后

早就传出风声，公司要裁员了，每个组只留一个老板，一个下属。QPCR这组只有一个老板，却有三个下属，分别是老资格的凯瑟琳，中等资格的辛西亚，和刚毕业没多久的米雪儿。

凯瑟琳是公司一成立就进来的老员工，开始只是打杂的角色，后来才一步一步混到今天这个地位。不过她一直不太喜欢在实验室里干活，总是想做行政管理工作，经常对组里其他两个资历比她浅的同事指手划脚。平时，她总是重视开会，每次会上都要发表长篇大论。领导来视察时，她才装模作样地在实验室里摆个姿势，让领导看看，她工作是多么努力。凡是领导交代下来的任务，她必定认真完成，哪怕手里有其他活儿，她加班也要做好。而平时日常要做的一些活儿，她却不太重视，总是安排其他几个人做。虽然她没有经理的头衔，但是在工作上，已经俨然是个小头头儿了。几个领导，她都跑去经常聊天，她也经常跑去和几个领导聊，混个熟络。她觉得这么多年，自己对公司忠心耿耿，怎么说也该留下她。于是这些日子，她往公司领导的办公室里跑得更勤了，和领导们叙旧，联络感情，当然，也少不了溜须拍马。

辛西亚不知怎么办好。想来想去，她觉得还是和领导与同事们的关系好最重要。她年轻漂亮，性格活泼，为人热情，和公司里上上下下每一个人都混得很熟，好多人都喜欢她。论魅力指数，她可是三个人里最高的。她得好好利用自己的优势，让这么受欢迎的人离开他们，他们舍得吗？她也学凯瑟琳，走上层路线，花了大功夫取悦领导。除了和领导同事们插科打诨，她还主动为他们买零食，谁喜欢哪个歌星的演唱会，她也跟着捧场，在现场喊得嗓子都哑了。虽然在公司里的资格赶不上凯瑟琳，但是公司里的人对她的熟悉度也不比凯瑟琳低了。她很得意在这么短时间，就在公司如此知名。

米雪儿觉得自己留下的机会最小，自己资历最浅，又不是那么能说会道，谁会把她放在眼里？反正到哪里都是给别人打工，这里不要了就去别处，没什么大不了的。不如趁着这段时间好好学习技术，就算是将来给裁掉了，她仍可以凭本事找到下一份工作。于是，她还像往常一样，按时上班，按时下班，兢兢业业做好每一天的实验。遇到不明白的地方，她还是一如既往地虚心向前辈讨教，既不走上层关系，也不拍老同事的马屁，一心一意专心工作。

这天，公司宣布了裁员名单，这个组除了老板，只留下米雪儿，其他人都裁掉。

这是报应吗

咱们中国人常讲因果报应，老美不信这套。不过，最近公司发生的事还真让人不得不相信这句老话。

话说去年年底，公司财务状况不好，年终评定的时候，大家的工资都加得不多。公司的一位高层领导告诉大家，因为这个原因，今年的升职都免了。可是最终的结果出来，大大出乎众人的意料：很多白人都照样升了职，而少数族裔却没有，大家向人事处反映这个问题。后来发现，恰恰是这个高管下属的部门，这个现象尤其严重。可是因为他在公司太有影响力，公司也不敢动他，就找个理由安抚大家了事。当然，这并不能平息大家的抱怨。

而就在今年年初，这个高管的父亲突然生了重病。他飞去老家去看父亲，家人告诉他，父亲随时可能去了，要他等。谁能想到，这一等就没个尽头。公司里的事只好放手让别人来做。公司给的假期完全用罄，还额外请了几个星期的假，他就这样不知结果地苦苦等待。两个月之后，他的父亲终于故去，他得以办完丧事，回来工作。

可是祸不单行，刚过了一个月，恰好赶上个长周末，他和夫人去一年前预定好的地方去休假。本来想着就三天回来。没曾想，某一天，他正在晨跑，跑到路口时，恰好是从下坡往上坡走，没看到上面开来一辆车速很快的汽车，他不幸被汽车撞倒，两个膝盖骨都被撞碎，肩膀锁骨也被撞断，手脚都动弹不得。在医院动了几次大手术，不得不整天躺在病床上，连下床都成问题，自然也不能回来工作。后来等状况好一些，才回到自己家中。目前还在进行康复治疗，都好几个月了，还是不能上班。他连上网打字都不行，基本形同废人一个。他的部门的工作早就被其他人取代，他回来都不一定找得到自己的位子了。

公司里的人窃窃私语说，这是报应，谁让他当时做那种事呢？虽然他伤害了少数族裔的感情，特别是中国人的感情，然而中国人是善良的。即使应了老话，大家却不这么想。我们都说，只是巧合而已。在他父亲病了的时候，我们一伙中国人和其他同事一起给他送了慰问卡。在他受伤住院期间，我们也和其他老美一起凑钱给他送了鲜花。

我觉得这才是作为少数族裔的中国人正确的应对：他遇到不幸的时候，应该对他表示同情，当然，他做错的地方，也照样去抗争，我们也会和其他同事一道，去人事处去理论。应该让他看到我们中国人的胸怀。既不能欺负我们，也不能小瞧了我们。

面 试

我的老板高升了，他必须再为我招一个老板，所以我和我现任老板都在负责面试的名单里。广告登出后，老板从一大堆简历中挑了三个背景条件最接近我们要求的。他们三人要做个学术报告，还要和我们一起吃个午饭。

第一个人是个英俊潇洒的意大利裔小伙子，口才特棒，报告讲得口若悬河，极为出色，人也机敏过人，对我们的问题回答得头头是道，看上去野心勃勃的，一定是个会往上爬的角色，但是他又待人圆融，很知道照顾到各方面的情绪，颇得大家的好感。中午吃饭时，我们大家让他先点菜，他没花多少时间看菜单就做了决定，点了最贵的菜。我们大家面面相觑，看样子这个家伙不但业务出众，懂得人际关系，还很会享受生活呢！做老板应该是不差。

第二个是亚裔中年妇女，看她简历，做老板已有多年，面容严肃，看上去很厉害，对下属要求很高。她的报告是大家都不太熟悉的基因治疗，虽然她竭尽全力把报告讲得生动一些，不知道是她的英文口音太重，还是大多数人不了解她的研究成果，好多人都提不起兴趣，听得睡着了。我也强打精神才没睡着。午餐时，我们照例让她先点菜，她接过菜单，仔细看了一遍，点了中等价格的菜。我们几个人私下都说，她外貌看上去很厉害，肯定不是个好说话的老板。

第三个是英国人，博士刚毕业，没有多少年工作经验，个子矮矮的，相貌平平，人也显得老实木讷，中规中矩。不过他的学术报告却做得很好，虽涉及多个技术领域，但有条有理，一点不觉得杂乱无章，只是讲的时候好像不是很有信心。吃饭时，还不等我们说，他却让我们先点菜，他最后才点。他点了最便宜的菜。

在面试总结会上，大家一致同意不要第二个。我们下边的人不喜欢她的严厉，老板不喜欢她的毫无逻辑的报告。那么，在第一个和第三个中间选谁好呢？我喜欢第一个，他看上去很有能力，讨人喜欢，会往上爬，跟这样的人，我会升得很快。而且他敢花钱，会享受，跟着这样的老板吃香的，喝辣的，哪里都不会吃亏。老板却说他太有野心了，对我们这样的小公司来说很危险，还是第三个最好。我们几个人都暗笑，第三个自己都不像当老板的样子，怎么领导我们这样比他更有经验的人？但是老板坚持说，他是最理想人选。

仔细想想，我终于明白了，第三个本分听话，永远不会爬到我老板的头上，是个理想的下属。他技术精湛，能干活，属于出成果又不会抢他地位的人。不过我们倒也能接受他。反正他没我们几个人有经验，一定不会骑在我们头上，到时候也会谦虚地善待我们吧？那就录用他吧！至少他在技术方面很强，待人也不错。

来自CEO的情人节玫瑰

那时，我正处于工作和未工作之间，前一个公司关门，而下一个工作还没有着落，只好先在一些公司做点临时工作。有家生物公司负责养细胞的人休产假，需要有人代替她工作几个月，于是我就被招进去了。我每天的工作就是把细胞分离，然后数细胞，最后把它们分装到不同的瓶子里，放好培养液，让它们继续生长，等到其他组需要的时候就给他们。除了分离细胞之外，还要做数据统计图，给出每天用掉材料的数量。

进了公司没多久，就是情人节了。那天，我正坐在电脑前面做图，忽然看到一个穿着考究的人提着一桶玫瑰，为员工一个一个地分发玫瑰。我正奇怪他是谁，他已经走到我的面前。他自我介绍说："我叫彼埃尔，是这家公司的CEO。我怎么好像没见过你呀？"我说："对呀，我是新来的临时工，顶替玛丽三个月，她休产假去了。""哦，怪不得我不认识你。"他从桶里拿出一朵玫瑰递到我手里说，"今天是情人节，每个员工都将得到玫瑰，你也有一份。"说完，他就提着玫瑰桶继续发下去了。

我仔细打量着手中的玫瑰：这是那种较名贵的复瓣玫瑰，花朵很大，花瓣上还有细细的条纹，用玻璃纸精心包着，系了一根粉红的丝带，真是让人爱不释手。捧着玫瑰，我的心里感动极了。这是多么贴心的CEO啊！情人节里，哪个女人不希望有玫瑰！可是并不是每个女人都能够得到玫瑰。这个老板这样做，让多少女人圆了梦啊！

今天，假如你是男士，恰巧忘了给另一半买玫瑰，那么正好借花献佛；假如你已经买了，那这一朵也不嫌多，反正玫瑰对于女人来说多多益善。假如你是女士，而你的另一半忘记了，那你也不会太失望，毕竟这个情人节不会缺玫瑰。假如你已经有了，那这一朵也是锦上添花。无论怎样，这都是一个美好的情人节。

望着这个CEO提着满桶玫瑰花远去的背影，我心想：人们常说法国人浪漫，果真如此！从我工作过的几家公司的经验看，欧洲老板比美国老板好，美国老板又好过亚洲老板。想想某些亚洲来的老板，对员工态度不好，时间抠得紧，又不肯多付工资。福利待遇都很差，很难留住人。美国老板态度虽好一些，待人彬彬有礼，但是粗枝大叶，不太关心员工疾苦，任务来时也会催命鬼一般地让员工拼命干活。还是欧洲老板比较贴心，对员工比较仁慈，从不会对下面的人苛刻。就像这位法国老板，也许一枝玫瑰值不了几个钱，远不如加几个百分点的工资合算，但是这份体贴员工的心，岂是几个钱可以代替的呢？

失业的滋味

早上去公司上班，觉得气氛有些异样。金融危机之后，公司里人心惶惶，一直听说公司财务成问题，没有再拿到投资，下面的几年需要勒紧裤腰带了。公司总裁还夸下海口说，再怎么困难，我们暂时也不会裁员，不知是不是真的呀?

刚刚放好东西，老板就叫我去大老板那里汇报情况。我拿着实验数据本，和老板一起进了大老板的办公室。我们刚准备汇报实验结果，大老板摆摆手说："不忙着汇报了，我向你俩宣布一个消息：你们两个人都被裁员了。这与你们的表现无关，和公司的财政状况有关。"你们新技术开发部门是烧钱的组，现在公司没有闲钱做新的研究，只好将你们整个组裁掉了。你们先去收拾东西，然后去人事处拿你们的遣散费，办理离职手续。我和老板都呆住了。这么突然？一点消息也没有啊！老板冲我苦笑一下："看样子，我们要互相做找工作的证明人了。"

我和老板分别来到自己的办公间。我开始收拾自己的东西，忽然隔壁传来呜呜的哭声，我转头看去，是同组的布莱恩。他真可怜，来公司工作没多久，孩子还小，太太不上班，父亲又刚刚得了癌症，正是需要钱的时候，这时被裁员无疑雪上加霜，让他日子可怎么过？难怪一个九尺男儿也哭得像小孩子一般。我走过去，抱抱他说："不要紧，我们重新再来，一定能有出路的。"另一个组的组长瑙克赶过来拥抱了我一下说，不要太难过，会好起来的。如果你需要证明人，我帮你做，这是我私人的联系方式。”她说着递给我一张写着她私人电话和电子邮箱的便条纸。我接过便条纸，感激地点点头。

我开始把电脑里的私人信息清理干净，又把电子邮箱中个人的一些邮件存起来。向公司IT负责人要了一个光盘，把该存起来的都放在光盘里。我把自己的东西都放进公司发的盒子里。都收拾停当了，我就人事处领取遣散费，还签了一张不会控告公司的保证信。

走廊里如临大敌，有保镖走来走去，是不是怕有人闹事啊？有的人潇洒地走出来，有的人步履沉重。而我们一起拼车的四个人，三个被裁了，只剩下一个人。他不禁感慨地说，来的时候是四个，回去的时候就我一个啦！人事处的副经理也被裁了。她笑笑说：“正好我要休假了，不要我就不要我呗，说不定将来我回来时成了CEO，和他们一起谈生意呢！”就是，未来如何，谁都不知道呢！

人事处长听说我没车回家，就租了辆出租车，一路跟着我到了停车场，把我送上出租车，并且说，车费和小费算在公司的账上。我抱着装着自己全部家当的盒子，坐在出租车上，向窗外望去，这个我工作了五年的公司逐渐离我远去，心里酸酸的感觉。谁知道下面迎接我的又是什么呢？

驴子的启示

公司即将裁员的消息让每个人心里都乱乱的。经济不好，各个行业都如此，我们生物行业首当其冲。就在大家都惶恐不安的时候，有个人给每个员工发了一封电子邮件。那是一个老套的故事：

一个驴子老了，主人决定把它丢到井里埋了。主人一锹又一锹地往井里填土，每一锹土下去，驴子就抖抖身子，把背上的土抖落下来，然后用蹄子踩实。就这样，最后驴子把自己升到了井口，它战胜了死亡，成功地逃走了。邮件的最后这样写到："一个驴子尚且懂得求生的道理，何况人呢？"是啊，为什么我们人就不能学学这个驴子，把生活中遇到的困难和挫折，像驴子这样抖落下去，踩在脚下，然后想办法求生？

在硅谷，有多少裁员造成的家庭悲剧啊！曾经一个幸福的一家四口人，太太不工作，家里全靠先生支撑。因为先生被裁员，没有了生活来源，一时想不开，就带着太太和几个孩子，包括刚出生的最小孩子一起自杀了。还有个先生，因为裁员，失去了工作，不堪沉重的房贷，不断和太太吵架，最后举枪杀了太太，自己也自戕。

就在这次金融危机开始不久，位于硅谷山景城的一家华人家庭，太太和先生相继失去了工作，先生极其愤怒，在走投无路的情况下，跑到公司枪杀了自己的老板和人事处的人，令人很震惊。不知道平日热爱孩子和家庭的先生为何突然变得如此暴力，令人十分费解。

诚然，在生活费用昂贵的硅谷，失去工作后，生活的压力是非常大的。但是裁员并不是世界的末日，如果可以用正确的生活态度去对待它，还是可以度过难关。美国的福利很不错，失业救济金一个月大约两千元左右，足矣应付日常生活。特别是这次金融危机时间较长，奥巴马总统一再延长失业金领取的时间，差不多可以领两年。

在这两年里，失业的人还是可以有足够的时间去寻找新的出路，比如想办法找新的工作，或者屈就自己，暂时找一些临时工作维持生计，同时寻找新的机会。要不就自己创业，成就一番人生的辉煌。

人生的机会这样多，哪能轻易谈放弃？新的希望无处不在。当你遇到难处时，想想这头驴子，你还会愚蠢地随便丢弃自己的生命吗？

玻璃天花板

我的一个好友最近升迁了。他现在手里管着十几个白人。每次开会，都是清一色的白面孔，只有他一个黄面孔。他觉得很有成就感，终于有打破玻璃天花板的感觉了。于是跑来向我炫耀，中国人没几个能做成我这样！”

的确，亚洲人，尤其是中国人，在美国公司很难升上去。中国人只会埋头干活，不懂美国的企业文化，不会和上层交流，在基层做还不错，到高层就难，所以才会有“玻璃天花板”之说。

在公司里，通常我们中国人技术上都是把好手，但是管理能力比较差，也不善于交际，所以累死累活也就是个技术员，很少当领导的。这不仅仅因为中国人的英语会话能力不强，还因为不懂美国人的文化，无法融入他们。比如人家讲起他们熟悉的体育明星、歌星之类，你没看过，不了解，自然不能和他们谈到一起。再说，大家从小成长的环境不一样，他们喜欢玩的、聊的和我们大不一样，就算凑到一起，也聊不到一起。你说的他不知道，他说的你不知道，鸡同鸭讲，没共同语言，亲切感就少了许多，这还怎么继续交流呢？所以，中国人要想当官，非天时地利人和，各方面条件都具备不可。

就拿这个朋友来说，他这次能升上去，是因为他老板是个女人，还是个糖尿病患者，整天带着胰岛素泵，动不动就去医院看医生，平时上班也不能太累，所以什么事都让我这位朋友替她做。她也知道，中国人肯吃苦，干活卖力气，人又聪明，一定能把事情做好，到时候她也能有个好的业绩。朋友很肯干，做得很辛苦，也很出色，连着给老板争得好几个专利，组里的成就也在全公司遥遥领先。

女老板是个知恩图报的人。因为朋友的活儿干得漂亮，也让老板在公司里有面子，她自然记得朋友的好，少不了提携他。假使换一个男性白人老板，结果很可能完全不一样，他自己身强力壮的，又有能力向上爬，不一定会顾及到手下人，尤其是不吭不哈的中国人。他或许认为中国人把活干好是天经地义的，要管人还是不行，不能给他们委以重任。到头来，再怎么努力，也不一定能升到这么高的管理层。这样的例子，在企业界见过太多了。我还认识另一个朋友，非常能干，但是不受公司领导重用，最后辞职海归，在中国自创企业，如鱼得水，干得红红火火的。

所以，我对这位升职的朋友说，他能升到这么高的位子，有自己的努力，也有运气在里面，不能太骄傲，因为同样做事出色的人还很多，不一定每人都会有这样的结果。

理解万岁

最近公司里的事比较多，尤其是软件部门压力很大。公司要在明年4月推出新产品，需要他们把产品需要的软件在短时间内都写好。同时，他们还承担着公司其他部门给的许多任务，比如为我们研究部门写数据分析的软件，为临床部门写数据库的软件等等。每一个任务都是重要的，每个部门都要求他们用最快的速度完成。他们人手短缺，事情又太多，所以一直被各个部门责备。他们的领导很苦恼，怎样才能让大家了解他们的难处，理解他们的苦衷呢？

星期一的全公司大会上，轮到他们组发言，只见软件部门的主任没有像往常一样打出幻灯片的工作报告，而是拿来一堆乐高（Lego）玩具。他一上来就说："今天我们不讲报告，先请大家一起做个游戏。我们分成四个组，每组得到一套一模一样的Lego玩具零件，请大家在10分钟之内做一个可以走的车子，必须功能齐全，长度在5英寸左右，而且做到5分钟时每组要有一个人换到下个组去。好，现在开始！"

于是我们手忙脚乱地做了起来，一动手才发现，在那么短的时间里，做得完全达到标准，还真的不容易。首先，我们必须很快地检查我们都有哪些配件，能够做什么，然后要在最短时间内决定做什么交通工具。先赶紧分工，一人数一种配件，最后发现，我们的轮子不少，一个人说，咱们做宇宙飞船吧！没时间多想，几个人忙着找颜色、功能相配的零件，这个帮着安轮子，那个帮着装翅膀，还有人很创意地插了一门大炮在上面，虽然进展很快，但是离他们要求的还差很远，看上去只是一堆半成品，车不像车的，连宇宙飞船的影子也没有，更别说能动了。

正做着，就听得一声：“时间到，换组。”我们组制作最娴熟的人换到了下一组，剩下的任务由我们几个不熟悉Lego的人勉强继续拼装。那几个美国人还好，像我这样从小不是玩这个长大的，还真觉得难，看着花花绿绿的零件直发呆，不知从何处下手，只能听吩咐，人家让我拿啥零件，我就递过去啥，完全不在状态中。

10分钟之后，软件部的主任喊停。我四周看看，几乎每个组都没完全做好，不是少轮子，就是少车身子，基本上没有哪个组在规定时间内做出一部能走的车，大部分都只完成一半。软件部的主任问大家觉得怎么样？大家都说，很难在这么短的时间里做得各个方面都达到标准。主任点点头：“现在大家明白我们组的处境了吧？我们也无法在短时间内，达到大家的标准。”

好聪明的办法！是的，通过玩乐高玩具，我们终于理解他们的难处了。谁也没长得三头六臂，饭要一口口吃，他们能做成今天这样已经很不容易了，他们也很尽力。理解万岁，我们其他部门的人不会再责备他们了。

第二辑　大千世界

在一般人眼中，高科技是冷酷而乏味的，而硅谷的生活是活色生鲜的。跟着我的笔触，看看貌似呆板的硅谷人如何创造着多姿多彩的硅谷生活。

芙蓉姐姐管网络

别误会，此芙蓉姐姐非彼芙蓉姐姐，她不是那个网络红人，而是我朋友的朋友。不过，她们都有相同的性格特质：超级的自恋和自信。

芙蓉姐姐本来是以陪读身份来的美国，因为英文不好，就待在家里相夫教子。忽然间，互联网红火起来，不甘寂寞的芙蓉姐姐决定出山了。干点什么好呢？她记得电视里为微软网络管理证书班做的广告说过：“一张证书在手，年薪十万不是梦。”她眼睛一亮！对啊，就学这个！她先在一家中国人办的技术学校念了一个网路管理证书，然后就夸下海口说：“就凭咱的本事，肯定能在电脑公司找到一份高薪工作。”还真给她说着了，那时各个公司都闹人荒，别管原来是干什么的，扛大个的，刷瓶子的，扫地的，人人都去考证书，挤进了网络管理的行列。有个未上市的小公司，面试时也没仔细问，就急急忙忙地把她招了进来管网络。

芙蓉姐姐一点经验也没有，第一天上班，两眼瞪着键盘，不知如何下手。无奈，只好把密码给了老公，由老公从外面登陆到公司网站帮着管理。一天，两天，三天，一星期过去了，老公成了芙蓉姐姐公司的全职网管，自己的工作全给耽误了。后来，老公的老板发现了，老公撒个谎搪塞过去，却再也不敢替芙蓉姐姐干活了。他对芙蓉姐姐说：“不行咱就回家吧！反正我养的起你。”芙蓉姐姐直摇头：“这几天我看着你管，基本上都学会了，我没问题。”

于是第二个星期，芙蓉姐姐自己独立管理起公司的网络。她登录进去一看，妈呀！这么多按键，哪个是哪个啊？平时看老公管的挺容易的，怎么自己一管还是有点犯糊涂。管它三七二十一，先做了再说。她胡乱点了一个键，只见一串数据迅速从屏幕上消失。妈呀，不得了！公司的备份邮件数据库给她清光了，而且是不可逆的。她瞪着不断变换的荧屏，完全傻了眼。尽管闯了这么大的祸，公司还是给她改正的机会，只给了她一个警告处分。但是，如果拿了三个警告处分就要被公司赶走了。

又过了一个星期，芙蓉姐姐再次捅了个大漏子。这家公司的CEO是个三十多岁的黄金单身汉，因为不确定自己想要什么样的女孩，就同时和两个女孩交往。那天，芙蓉姐姐误打误撞地进了老板的私人邮箱，把他给不同女孩的情书，给公司里的每一个员工都发了一份，自然也包括那两个不知情的女孩。结果可想而知，芙蓉姐姐没有等到第三个警告处分就被公司请走了。

如今电脑行业不景气，我也好久没有芙蓉姐姐的消息了，不知道她找到了工作没有，如果找到了，那真要祝那家公司好运了。

业余演员的小品表演

我以前参加过一个华人话剧社。里面的演员大部分是业余的，很多人都是硅谷工程师。我们一年演一部大戏，其余时间就和别的社团合作，演出一些小品。平时也会请专业人士给我们做辅导。

有一次，一个来自中央戏剧学院的人来给我们辅导小品。头一个星期，我们听了有关小品的讲座。第二个星期，老师要我们每人准备一个单人无道具的哑剧小品。

大家于是开动脑筋，设计自己的小品内容。正式表演那天还真是热闹。每个人都带来让人惊喜的表演。我的小品命题是《小费》，我演一个餐馆女招待。我穿着超短花裙，肉色高筒丝袜，高跟鞋，上面是紧身T–恤衫，头发梳了个马尾巴，蓬蓬的，吊得老高，腰上系个围裙，活脱脱像个《花花公子》的性感兔女郎。我开始漫不经心地看着来的客人。来了个穿着寒酸的人，我撇撇嘴，很不情愿地过去招呼他，态度冷淡，自然小费也不好。接着又来一个人，衣冠楚楚，我很势利很殷勤地好好服务他，等他走后，我数数小费，怎么那么少？揉揉眼睛，以为数错了，再数，是真的很少。我气得竖起了手指。导演夸我小品设计得好，有戏剧元素，有曲折的情节，演得也不错，完全用眼神和动作就表现出了人物的心理活动，还说我的服装和人物很吻合。不过，我的动作幅度太小，最后那段需要夸张些，我却演得不够，今后要注意。我虚心地点点头。

下面是老鲁表演的小品《约会》。只见他扛着烫衣板，提着电熨斗就入场了。导演说，咦，无道具小品，你怎么带家伙来啦？老鲁说，没道具怎么演？导演只好说，那就带着道具演吧！老鲁就开始约会前的准备了。他翻箱倒柜地找衣服，对着镜子左看右看，还是没能找到一件合适的衣服，再找，找到一件，但是太绉了。他就摆好烫衣板，开始烫衣服。拿个水杯，含一口水，噗地喷上去。正忙着，电话响了。电熨斗就放在衣服上，接电话去了。只听得他大声叫着："什么？约会取消？为什么？约了别人？"他气急败坏地嚷着："你说，是谁约了你？""什么，是阿中？"这下，大家都笑翻了。原来阿中是剧社有名的花心大萝卜，经常带着不同的女生来剧社。说他横刀夺爱，真算是找对了人。老鲁气得挂断电话，一看，衣服都糊了，赶紧拿起来，心疼地抖着衣服。导演说，有故事，演得也很认真，不错，但是不符合最初的要求，又有台词，又有道具了。

接下来是另一个人演女佣。她衣着光鲜，珠光宝气的，很卖力气地擦着地板。导演说，小品不能光表现动作，还要表现情节啊！这是母亲在给孩子干活？是心甘情愿的，还是被迫的？要体现出来啊！是不是应该直起腰，捶捶背，表现劳作的辛苦？演员就听了导演的话，艰难地直起腰，擦擦汗。导演又叫起来："你看你手上戴着那么大一颗钻戒，和人物不符合呀！"

通过这次表演，大家都学到了如何设计小品，小品的基本元素是什么。还有就是要学会观察生活，并且从生活中提炼出富有艺术性的故事来。还真是的，演戏有很多学问。难怪人说，人生如戏，戏如人生，一点不假啊！

最后一片绿地

每次去图书馆，经过图书馆旁边的园子，我都禁不住停下来，隔着篱笆，欣赏园子里的景色。尤其是夏天，园子里一派丰收的景象：黄澄澄的杏子挂满枝头，红艳艳的草莓钻出绿叶，篱笆墙上攀援的藤蔓上点缀着紫莹莹的树莓，地面则是各式各样的蔬菜，有白中透绿的甘蓝，顶上开着花的洋葱，胀得鼓鼓的扁豆，还有一些叫不上名来的绿油油的植物。好一派生机盎然的景色啊！我被深深地感动了，心想，不知是谁家的花园打理得这么好？

“嗨，喜欢这里吗？”一个中年妇女向我走来。我点点头说：“太棒了！”“那就进来看看吧！”她打开篱笆门，把我让了进去。“我叫珍妮，是这儿的主人之一。”她向我伸出手。“之一？难道这园子是许多人共有的吗？”“对，是我们一群园艺爱好者共同租的。”原来，在我们硅谷有许多像他们这样的园艺爱好者，平时就喜欢摆弄个花草，种点蔬菜水果什么的。可是在硅谷这个寸土寸金的地方，有限的土地都盖了公司和住房，连绿地都很少见了。买了房子的人还可以打理一下自家后院的园子。这租公寓住的人就惨了，空有一身好武艺，却没有施展的地方。为了让这部分人也能有发展他们业余爱好的舞台，政府特意拨出这块土地，分租给这些园艺爱好者们。他们可以在这片土地上尽情地挥洒他们的园艺天才。他们终日精耕细作，终于换来了今天这样繁荣的景象。珍妮告诉我，这里的土非常肥沃，都是园艺店里买的有机土壤。他们也不施化肥，只上有机肥。毫不夸张地说，这里种植的是实实在在，百分之百的有机蔬果。每到丰收的时候，这里还办小型的农贸市场，卖园子里产的蔬菜和水果。附近的住户都会来捧场。因为是现摘现卖的，新鲜得很，特别受欢迎。这真是一个绝好的主意！硅谷人在紧张的脑力劳动之余，下地从事一点体力劳动，既换换脑筋，又锻炼了身体，还有所收获，何乐而不为？

听了珍妮的介绍，我也跃跃欲试。我兴奋地问："还有多余的地吗？我也想租一块。" 珍妮的脸上露出失望的神情，她摇摇头说："这块地很快就没有了。" "为什么？" 我惊讶地问。"政府要扩建图书馆，要收回这块地。" 珍妮遗憾地说，"我们已经找了市议员，并且向他陈情，这块土地对我们来说有多重要，可是没有什么效果。" 她轻轻叹了口气。我的心里也一阵难过。

我回头望望这个拥挤的城市，公司林立，车水马龙，繁忙得让人窒息。忙碌的硅谷人多么需要这样一片绿地让他们小憩啊！可惜，就连这最后一片绿地也要消失了。想到眼前的美景将不复存在，想到许多和珍妮一样热爱园艺的人将失去他们的乐土，我的心情就无法平静。不，我必须要为他们做点什么。我知道我应该怎么做。我对珍妮说："能不能给我市议员的地址？我也要帮你们写信，留住这最后一片绿地。"

今天我们来扮怪

星期五下班的时候，公司同事安迪问我："你参不参加明天的狗跑赛？"我一听："什么？我从来没听说过啊？我得知道是怎么回事才能决定。"于是他把一个网址发给我，并且告诉我明天一定要记得穿白大褂，还要带副手套，购物车他们已经准备好了。这都什么跟什么呀？我听得云里雾里的。

上网一看才知，原来这狗跑赛（Urban Iditarod Sled Dog Race）是旧金山传统的扮怪长跑比赛，参加的团体必须要穿上表明自己团体的特殊服饰，方可参加比赛。在自由开放的旧金山，类似的比赛很多，何以狗跑赛这样出名？原来这个比赛除了要求服装怪异之外，每队参赛者还必须用麻绳拖着一辆装满货物的超市购物车。据说这项活动的灵感来自阿拉斯加的狗拉雪橇，扮狗的当然就是参赛的人，雪橇就是购物车了。比赛的路程是从最热闹的市中心市场街开始，穿过中国城，直达渔人码头，全程约四英里，大多是高高低低的坡路，宛如山城重庆，沿途都是著名的风景点，是旅游者必走的一条路线。可以想像，一群穿着奇装异服的人，吃力地拖着一辆满载重物的超市购物车，爬着陡坡，穿越游人如织的风景名胜区，这将是一个多么搞笑的场景！难怪这个活动一搞就是十二年，每年都有新人参加。我们公司是第一次参加，白大褂就是这次我们的统一服装。

我本来答应要去，但临时有事就没去成。只好在电视上观看比赛。只见一群穿着奇怪的人，随着一阵古怪的小号声，尖叫着出发了。那些参赛者们有的扮成奶牛，身上印着黑白花，还戴个牛鼻子；还有人穿着条纹衣服扮斑马；也有的扮成绿色的火星人；还有人扮成超人。有一组全是男士，却穿上草裙，扮成夏威夷跳舞女郎。还有一组全部化妆成驴子，每人头上都长着两只长长的驴耳朵，天知道他们怎么做的。有一组全部戴着橡胶做的猪头，看着像一群猪八戒去西天取经。有的组扮做花猫，有的人戴着彩色假发。有的组穿着黄黑条的衬衫，头上顶着两个触角扮黄蜂。有的组扮作医护人员，穿着蓝色手术服，拉着担架床。还有的头顶个布做的热狗玩具。有的人抢不到购物车，也懒得跑，干脆开着高尔夫球场的电瓶车出来了。就连电视节目的播音员也戴着插着狗耳朵的发卡，鼻子上涂黑，扮作狗狗，边解说节目，边来几声狗叫，与众参赛者交相呼应。

通常这种比赛都要把相关街道拦上，不准行人和车辆进来，这个比赛却是自由开放的，只有警察维持秩序。行人可以随时停下来观看比赛，至于不知内情，误闯进来的车辆，对不起，您自找倒霉，就堵在这儿吧！等比赛完了，才能开得动。在全程四英里的路上，每英里设有休息点，参赛者可以补充水分。不过有些人就索性不跑了，歇一会儿，直接插小路去终点，这样作弊的都有！

终点的时候，一些人还把自带的早餐麦片放在狗食盆里，他们俯下身子，趴在狗食盆边，学狗吃东西，还学着狗的样子，发出声响，实在让人忍俊不禁。我终于在电视上看到我们公司的人也到了终点，一群人又唱又跳，集体学狗叫，现场狗叫声此起彼伏，仿佛是一群狗狗在狂欢。实在太搞笑，太热闹了！我也被这欢乐的气氛感染了。我对自己说，明年一定去给他们加油。

今天我来当歌星

我们公司每个月的最后一个星期五要组织Fun Friday的活动。每个组轮流主办，每次要有一个主题。这次轮到我们组了，正好组里几位都爱好音乐，就说干脆搞个评比，让每个组都组成一个乐队，要主唱、吉他手、贝司手、键盘手、鼓手都齐全，当然有拉拉队就更好。到时候，看每个组都有什么创意，像不像那么回事。

这个主题一发出去，大家就积极响应。每天的大会议室总是被占着。几个组的人都在那里练唱！别看这些人，平时都是科学家啦，电脑工程师啦，会计，秘书啦，做起音乐人来还真是有板有眼呢！一招一式，很有专业水准，练唱那股认真劲儿，一点也不输做实验、写软件！当然，也有的组平时一天也不练，临时才决定组团，连一次练习都没有就准备上场了。

正式开场这天，会场布置得还真像音乐厅，全场不开灯，只有一个色彩斑斓的彩球在空中闪光。墙上挂着塑料吹气吉他，还有各个时期的歌星海报。前台摆了一个电子架子鼓和一台电脑，里面装了音乐软件，和旁边的电子琴电吉他可配套使用。后面是一排排座位，给观众留的。第一支乐队出场，一看大家就乐了，怎么唱歌的是平时看起来笨笨的黛比？她特别胖，也不爱运动，平时连走路都很少，穿的衣服都得在特号服装店买，一般店里都没有她的号。谁也没想到今天她却是主唱啊！只见她拿着话筒，跟着音乐摇摆，然后开口唱了起来，走音很厉害，但是她不气馁，一遍又一遍要求重唱，只是水平有限，到最后只好放弃。旁边的伴奏也不专业，对音乐一窍不懂的范尼特，装模作样地弹吉他，可就是跟不上节奏，和主唱总是不合拍。眼看着比分一路下滑，他们灰溜溜下台。

我们组有个职业歌手朗妮，参加过美国偶像的选拔，平时也在教会里唱歌。她一张口，果然歌声嘹亮悦耳，很有专业水准。可惜几位乐手都是业余的，吉他手和鼓手配合不好，总是跟不上鼓点，让人家歌手有劲使不上。眼看比分上升了，再坚持一会，我们组就领先了，鼓手一个失误，我们又败下阵来。

倒是计算机组的，一出场就特专业，无论是乐手还是鼓手，都像模像样的。人家连服装都有，燕尾服，性感裙装，男男女女都非同凡响。一打听才知道，原来几位原本就是学音乐的，因为找不到工作才改行学电脑，怪不得！我看这第一名非他们莫属啦！果然，一开始，这鼓手仙蒂就发挥出色，一点也没失误，事后我才知道，她业余就喜欢玩这个，自己家里就有一套，平时经常自己这么玩，难怪这东西鼓捣得这么溜！唱歌那位也不简单，白天上班，晚上去酒吧唱歌，本想把唱歌当专业，无奈赚钱太少，不足以生活，只能靠写软件维生，业余唱唱歌，今天英雄可有了用武之地了。

眼看他们个个都是称职出色的乐手，我们其他几个组只好眼巴巴地看着头奖落入他们的口袋。

业余演员

同事萨利最近给公司全体员工发了封信，说她即将在最近上映的一部好莱坞电影里出现，还具体说了哪一幕，就是某影星走过之后，她穿过马路，就这么一个镜头，没有台词，但是镜头挺近，还有脸部特写。

我很好奇，怎么她会有这样的机会呢？她都是快退休的人了呀！我跑去问她。她告诉我，她的名字和资料在好莱坞群众演员网站里。原来，她觉得自己快退休了，想找点有意思的事情做做。儿女大了，可以自己养活自己，不用她操心。她以前的工作不错，攒下不少积蓄。她现在吃穿不愁，不必为生活而工作，因而她到我们公司当临时会计，每星期只来三天。剩下的时间就到和她年纪差不多的人的聚会场所。大家在一起聊，我们这把年纪的人了，还能做些什么？有人就提出了业余演员这个行当。她觉得很有趣，就想试试看。于是，她把自己的资料，还有几张照片给了一个经纪公司。照片包括正、侧面照，不准化妆，不准有面目表情，要最原始的模样，头发不能遮住耳朵。由公司把照片贴到好莱坞内部的网站上。由那个公司帮她联络。一旦有合适的角色，就通知她参加拍摄。她每年交三十几元的会费，如果希望得到有台词的角色的话，还要多交一些钱。

她资料放进去没多久就得到了一个机会。萨利早上五点多到了旧金山金融区的拍片现场。因为白天人太多，不好拍，所以一般这种片子的拍摄都是在凌晨，人们还没出来的时候拍。这次是讲七十年代的事。化妆师给她戴了个那个年代流行样式的假发。他们各就各位之后，听导演讲演戏要领。讲完之后，这伙业余演员就开始按照要求去演。

片场有个餐车，里面供应各式各样的食物，头台、主菜、甜品，应有尽有，还有厨师现场做饭，真是有趣极了。如果是儿童片，那么餐车里就会有吃不完的零食哄孩子。这些丰富的食物都是免费的，可以随便吃，随便拿。只要不怕吃成个胖子，你只管敞开肚皮，怎么胡吃海塞都没人管你。那架势，像是告诉你，不怕你撑到，只怕喂不饱人。她最后总结，给好莱坞拍片子，绝对不会饿到，管饱是肯定的。有人就是图有的吃，对这样的工作乐此不疲。不过，她说这个工作收入不高，按小时计算，时薪也就是最低工资的水准，要想靠它赚钱是不太可能的，只是好玩而已。

她听说我也喜欢表演，就劝我也试试。我想，我有家庭，有孩子，大清早五点多跑到旧金山去拍电影不太现实，再说我是天天要上班的人，哪能像演员那样，招之即来？等我请好假，人家片子怕是都要拍完了。这对我来说，简直是太不靠谱了。等我到了她这个年纪再去尝试吧！人生有更重要的事去做，发展业余爱好，都要等有钱有闲的时候再说啦！

原子弹鸡翅

听说过“原子弹鸡翅“吗？在硅谷圣塔克拉拉大学旁边的一个小餐馆里推出了这样一道奇怪的菜。其实这家餐馆主要就是卖布法罗辣鸡翅。不过他们的鸡翅膀和别的地方不一样。别的地方只卖一种辣鸡翅，他们却有五种，依辣的程度不同，分为：传统、原子弹、核弹、热核弹、全球热核弹。店里还有一种最辣的，叫“911”，这一种决不卖外卖，必须到店里去买，而且只有晚上6点到8点才供应。为何这么奇怪呢？原来这最后一档奇辣无比，吃之前，要和店方签个协议书，如果吃了肠胃不舒服，或者出现其他问题，影响了健康，餐馆概不负责。

他们还经常举行吃辣鸡翅比赛，就是选一天，参赛的选手们来到餐馆，每人发12只最辣一级的鸡翅，在10分钟之内必须吃完，中间不准喝冰水，不准擦嘴，而且鸡骨头要啃干净，不得留下鸡皮什么的。如果能按要求吃完鸡翅，将会得到店里免费发的一件T恤衫，上面印着：“你通过了比赛”字样。这是征服最辣一级的奖励。

公司几个人要跃跃欲试，就发信邀请想参加比赛的人报名。大家先试吃一下，如果觉得还可以承受，那么我们公司会派一组人马去参加比赛。组织人先给我们每一个人发了张表，问我们想从哪一档试起。好几个看到那级别就吓坏了，当场就退出了比赛。我想着虽然自己平时还比较能吃辣，但是毕竟不了解这家店每一档辣的程度，还是保守一些吧！我订了热核弹那一档。其余几个人一看我这么能吃辣的人都这么保守，他们就比我更保守了，干脆就订了原子弹那档。

这天，组织人按照我们每个人订的买回了鸡翅。除了我们订的，他还把各个级别（除了911）的辣鸡翅也买了一份，让大家感受一下。一大摞装满鸡翅的快餐盒，摆在公司午餐室里。大家上去品尝，都从最轻的试起。我试了我订的那盒，结果很失望，这哪里叫辣？还不及川菜的一个零头。我的胆子渐渐大起来，就循序渐进，从轻到重，一直试到最辣的那一种。全部试完，我放心了。即使是最辣那组，我似乎也能承受。眼见我从容地把最辣那一档的鸡翅啃得骨头干干净净的，吃完后我都没喝一口冰水，组织者佩服得五体投地，直劝我说："你算一个吧！"几个同事也起哄："你要是参加，我们开个赌盘，赌你会赢得比赛。"我连忙摆手，不行，不行，虽然已经吃到最辣的那一档，但是911到底没吃到啊！谁也不知道这一档会是什么样。我的肠胃又没那么好，吃一个还可以，一下子吃下那么多就难说了。万一吃出问题来呢？我可不敢冒险啊！这有家有口的人，做什么都要慎重的，不可以拿自己的身体开玩笑。我想，为了健康，我还是不要参加为好。

双重职业

在美国，许多人都有双重职业。有些人是为了贴补家用，也有些人是为了发展自己的业余爱好。

同事托伦斯就是后者。她酷爱戏剧，但是熟悉美国生活的人都知道，干这行赚不了什么钱，尤其是在生活费昂贵的加州，连模特这样的行业都算是低收入的。于是，她考了个临床实验员的执照。那个行业薪水不低，所以她半工也能维持生活。另外一半时间，她就从事自己最爱的戏剧。目前这个业余剧团还是非盈利组织，她们不但要自掏腰包，购买道具和服装，还要到处拉赞助，因为全团人的吃喝都要负责，还有排演场地的租用等等，花钱的地方还真不少。所幸她的另一个工作收入颇丰，倒也让她吃喝不愁，可以安心发展自己的业余爱好。从前，她从早上干到下午两点，剩下的时间就去忙她戏剧上的事。后来，她赚钱多了一些，她说够用了，不用再花那么多时间赚钱。她就把每天的工作时间减少到半天，这样她有更多时间放在她喜欢的戏剧上。那天，我们都收到了她的邀请卡，邀请我们全公司的人去给她的新戏捧场。自然，10元的门票赞助费是要出的。其实考虑到她之前花的那些功夫，这点钱一点也不能贴补开支，甚至都不能打平。我们都明白，她只是为了自己的梦想在做，作为同事，我们都会支持她。看到舞台上，她带着假发，披着金色的戏装，激情四射地朗诵着台词，我们都被她的执着感动。

这让我想起了以前公司里的一个网路管理员。他本身就是个极为出色的歌手，自己和几个同好组织了一个乐队，业余时间到各个酒吧和宾馆表演节目，收入非常不稳定。他是音乐本科毕业的，但是出来不好找工作，就又自学考了个网络管理证书。有了网络管理这份工作，他可以衣食无忧，业余时间专心从事自己钟爱的音乐。公司办圣诞晚会时，就是他的乐队为大家助兴。

我还认识一位作家，刚来美国时为了生存，去五星级饭店当侍者。当时有人问，你怎么不去找个白领工作？他说赚钱多是硬道理，我有一大家子人要养活，这个工作收入不错，年薪赶得上高科技人员，每星期只要做四天，底薪高，福利好，还有不少小费拿，工作环境又舒适，我为什么不做？他工作之余，坚持写作，每年出一本书，到现在已经出了二十几本，不但把两个孩子送进了大学，还拥有两栋房子，谁能说他不成功呢？

谁不想要一份又能赚钱又是自己最爱的工作？但是现实生活中，有多少人这样幸运？倒不如像他们这样，在鱼和熊掌不能兼得的情况下，先考虑生存的问题，有一份解决温饱的工作，有空闲了，再照顾自己的爱好？如果本末倒置，那不但不能潇洒地做自己喜欢做的事，还可能都活不下去呢！能把理想与现实平衡得好的人才会有成功的人生。

在卡斯楚街过鬼节

刚到旧金山时，正赶上过鬼节，朋友说在卡斯楚街有一年一度的鬼节游行，这是旧金山一景，不可错过。

于是晚上七点多钟，我们坐Muni（旧金山城铁）到了卡斯楚街。那里已经是人头攒动。各种各样穿着稀奇古怪服装的人在街上游荡。一个男人打扮成小红帽的模样，戴着金发头套，梳着两条小辫，还扎着蝴蝶结，顶着可爱的红色蓓蕾帽。正面一看，原来是个中年大叔。只见他满脸雀斑，还留着两撇小胡子，下面穿着一条俏丽的短裙，却露出粗壮的布满黑毛的腿。这样恐怖的小红帽估计能把狼外婆吓走。

另一个男人打扮成拉斯维加斯跳舞女郎的模样，头上顶着羽毛冠，穿着亮片串成的三点式服装，挺着臃肿的肚腩，伸出肌肉松弛，长满腿毛的大腿，做出各种性感动作，让人看了作呕。还有两个长相秀气的男人穿着和服，打扮成日本艺妓的模样，脸上涂了厚厚的白粉，手里拿着折扇，举手投足都妩媚极了。有一组男人头上顶着向日葵一般的帽子，脸涂绿了，举个火炬，扮成一组自由女神。还有人扮成卡通片人物的，比如海绵宝宝、维尼小熊、小叮当等。当然，如果是小孩子扮这些人物是无可厚非，但他们是一群中年大男人啊！那扮起来就搞笑多了。有个胖大叔，不吝裸露自己的好身材，只穿了闪光的蓝色胸罩和红色三角裤，扮成女超人，一身肥肥的赘肉，大象般的粗腿，足已吸引过往行人的眼球。

游行队伍中，有相当多的人造型颇有想像力。有个人装成伤兵，肠子肚子都流了出来。还有个人做了一米多长的男人阳具，还用黑毛线做了阴毛。另一个人穿了件斗蓬，上面插满了阳具，如刺猬一般。如此大胆的创意，让我等保守国家来的人看得面红耳赤。`还有一组人马相当奇特，一个女人扮成正在生产的孕妇，躺在病床上，旁边站了一个扮成医生的人，托着吊瓶，边上还有一个人戴着口罩扮护士，最搞笑的是还有个男子躺在女人下面扮正在出生的婴儿，真是太难为这一组人了。其他还有扮成牛奶盒子，电脑，还有米袋子等。有位男子头上顶几根彩色蜡烛，身上套了个蛋糕盒子，活像个大号生日蛋糕。还有一位男人，穿了件白大褂，肚子上剪开个口子，插了一把刀，周围用红色颜料染了一圈，扮演被谋杀的人。

除了这些，扮演政治人物的也有。一位男子，穿着迷彩服，绿军帽，军帽上还贴着一个红五星，粘着络腮胡子，嘴里叼着根雪茄烟。不用问，这准是在扮演古巴领袖卡斯特罗了。还有个人穿着道袍，扮演教皇。甚至还有人留着长发，头上放个头箍，披上一块白布，直接就扮耶稣基督了。

难怪人家说，卡斯楚街的鬼节游行是全世界独一无二的风景，那光怪陆离，千奇百怪的打扮是任何地方都看不到的。如果你到旧金山，千万不可错过哦!

实验室里的南瓜雕刻比赛

美国万圣节的习俗之一就是雕刻南瓜。很多家庭会雕刻出各种各样的南瓜，摆在家门口作装饰。美国的南瓜不适合吃，外皮很老，煮来吃也不够软，倒是用来雕刻正合适。美国店里还有各种雕刻南瓜的工具，小锯子、凿子、袖珍雕刻刀等，应有尽有。

我工作过几家公司，都组织过规模大小不一的南瓜雕刻比赛，就是公司买来几个南瓜，分到不同的组，大家参与雕刻，最后选出优胜者。因为我们是生物公司，就地取材，雕刻出的南瓜也颇有创意。

我们生物晶片组的几个人，把放实验药品的冰桶扣在南瓜上当帽子，边上贴一圈晶片作帽沿，还有两个晶片被我们涂的五颜六色的，插在南瓜上当耳环。我们还找了一些细的彩带弄卷曲了当头发。最后把南瓜刻了一个微笑的表情。

基因功能组的人把注射器、取样器和各种颜色、型号的笔头，还有细胞培养皿、药用棉花、手术钳、眼科剪等试验用具堆在南瓜前面，还给南瓜戴了一顶手术帽，穿了手术服，把南瓜刻成了一个面目狰狞的外科医生。南瓜四周还不断地冒出影影绰绰的白烟。原来，他们在南瓜下面还摆了个水盆，不断向里面倒干冰——反正实验室里有的是嘛！干冰遇水，立刻升华，产生缕缕烟雾，恐怖气氛十足。

临床组的人把南瓜刻成个血盆大口，吐了许多南瓜籽，眼睛上还扎着一个针筒，连着一小段管子，里面有血红血红的液体往下流，那是细胞染料。

工程组的人给南瓜安了可以转动的眼睛，还有一张一合的嘴巴，还会配合音乐唱歌呢，充分展示了工程师们的专长。

会计组的人懒，把南瓜涂上一层黄色，再用黑色画上眼睛和笑脸，做了一个简单的南瓜笑脸，虽小儿科，却不失可爱。

还有一些个人拿出绝活儿参赛。有个喜欢做木匠的同事，用巧夺天工的技巧，把南瓜镂空雕刻出各种图案，好似嫦娥飞天，里面还放了小蜡烛，点起来，烛光透过南瓜镂空的地方，放出深浅不一的光影，别有一番情趣。

也有人就是用巴掌大的小南瓜，画上鬼魂的图案，也能吓到不少人，算是别具一格的创意吧！

比赛的时候，所有的南瓜都放一排，编上号，由公司领导组成的评委投票，别看这些人平时高高在上的，现在还很亲民，脱掉西装革履，穿上万圣节的服装，装扮成流浪汉、飞行员、女巫、恶鬼等。他们评起来也一丝不苟，很认真地填写选票里的各项内容，然后唱票加分。在黑板上一票一票地计算结果，当场就能知道得一清二楚。

最后的比赛结果：我们晶片组的得了最可爱奖；基因功能组得了最恐怖奖；临床组得了最恶心奖；工程组得了最具创意奖。其他一些参赛者都拿到了纪念奖和参与奖，皆大欢喜！

实验室里的服装秀

在全国实验室日这天，我们公司为了庆祝，举办了一个实验的时装秀，就是利用实验服和实验室里的东西设计服装，然后全公司评比。

我们研发组去年就参加了这个比赛，还得了第一名。去年，我们是用小试管串成子弹带，把取样器别在腰上当枪使。头上戴上了防护面罩，上头插上天线，整个就是一个超级无敌宇宙战士。我们的模特就是组里长得最像哈利·波特的一个同事。他是英国人，个子很矮，虽然三十岁了，长得还像个中学生。特别是戴个黑边眼镜，长得又特别像演哈利·波特的那位演员。一张口一口标准的伦敦口音。这样的一个人，穿上这一身装束，太能以假乱真了，活像有了魔法的哈利·波特真人再现。

别的组也特别有创意。金融组的选了个明星般长相的大帅哥，穿了身一次性实验服，前面看很普通，后面却有乾坤。原来他在实验服后面剪开了一个口，贴了个塑料假屁股。他扭动身子，搔首弄姿地说："为什么我们金融组这么受欢迎，因为我们Hot！"说着就转过身，撅起来给大家看那个大屁股，简直搞笑极了。

今年我们组要再接再厉，争取再次获奖。这次我们的创意是，让组里一个帅哥男扮女装，用实验材料把"她"打扮成时尚女郎。于是我们用粉色的无菌室的实验服剪短成粉色超短裙，用小试管串成项链，手镯是一小块一小块的白色泡沫塑料，用线串成环，上面贴上彩色胶纸。手里提着贴满药品标签，用实验室的分类塑料袋做的时尚手袋，里面放着取样器和烧瓶。耳朵上还贴了粉色的圆形标签纸当耳环。粉色的鞋套当时装鞋。当我们的“时尚女郎”一扭一扭地走上红色地毯时，全场一片尖叫。

其实这次竞争还很激烈，各个组都有不俗的表现。生产组的装扮成庞克歌手，实验服上画上各种图腾，胸前也挂了一排小试管做的子弹袋，就地取材，和我们组去年的思路一样，英雄所见略同。

计算机组把巧克力糖组成各种形状，贴在实验服上，金光闪闪的，头顶还有两个咖啡杯，电线从杯子底部穿出来，最上面的盖子上连接有灯泡，可以闪闪发亮的。自动化组的扮成甲壳虫，实验服上贴上一片片红黑的点点，头上戴个棒球帽子，上面插上两股天线，就是触须了。一出场，还做出几个昆虫才有的动作，惹得大伙大笑不止。临床组扮成魔术师，身穿黑西服，头上戴的帽子，还是就地取材，拿了实验室装冰的冰桶，身上别着各种的实验用品，也是标签，试管，取样器笔头什么的。手里一根魔杖，变出来的还是实验室那些东西，万变不离其宗，这才是生物公司的特色嘛！

这些组的作品都非常有创意，真是难分高下啊！最后，虽然计算机组技高一筹，夺去了我们曾经得到过的第一名，但是我们组也不差，还是得到了第二名的礼品花篮。

家住船上

拥有游艇，是很多人的梦想，但是如果我告诉你，有人把家安在船上，你会怎么想？

公司里的同事安瑞雅没有在外面租房子住，她和丈夫一人买了一条船，她丈夫的船比较小，平时出海用那条船，她的船比较大，平时不往外开，他们就住在她的船上。旧金山湾区的房子很贵，像他们这样的人不少。买房子，那生活费就没有了，租房子也太贵，而买艘船，不过是一辆汽车的钱，一般人家都负担得起。并且，这船是自己的，即使没有钱付房租，还是能有地方住。在码头，租一个船位一个月不过600多美元，比普通的房租还是便宜许多。

不过住在船上也有很多不方便的地方。比如这水电，都要由陆上供应，回到船上时就把水电接好，走时就都要断掉。如果不断掉，万一哪根线搭错了，引起火灾就麻烦了。要知道，每艘船都是一个巨大的炸弹。因为开船全凭柴油。油箱就在船头，那里面有上百加仑的柴油，如果不小心着火了，就会发生大爆炸。那些船停泊的地方，一个挨着一个，没有多大的空间隔离。每艘船都是个火药库，一旦爆炸就是一片，所以每个船主都特别小心。灭火器是船上必备的。

最不方便的是如厕。一般大家都选择在陆上的公共厕所，如果在船上，那是不能排泄掉的，积攒到一定程度，就把船开到指定地方，用泵抽出来。他们尽量不在船上如厕，因为容易有异味，谁也不希望整天闻着臭味生活。洗澡洗手都是要用环保肥皂，因为洗下来的脏水是要直接排放到海里的。船舱很小，放不了什么太大的家具，也不能买太多东西。因为真的没有地方放。

船里面通风不够好，很容易长霉，他们的空气干燥机要不停地开着。放在抽屉里的衣服要放干燥剂。他们的卧室在船的最底层，走下去，就看见一张床，和上面的甲板靠得很近，坐直了腰都困难。她笑说，每次睡觉都会碰到头，她的头都不知被碰过多少回了，过了很久她都还没习惯。

厨房基本上等于没有，只有小小一个电炉，又没有抽油烟机，没法大炒特炒。实在要烹煮食物，只能用没有明火的方法，比如微波炉。冰箱也不可能很大，因为整个空间很小，只有平时要吃的一些必须冷藏的东西放冰箱，大部分要现吃现买，不能储存太多的食物。所以，她和先生去吃馆子比较多，买外卖也多，很少自己煮东西吃，实在是太不方便了。

这样的生活，可不是人人都可以忍受的。不过，安瑞雅也有自己快乐的地方，他们平时可以开船出去，到海上垂钓、野餐，请朋友到船上开party，还可以跑到某个海域潜水玩。不只是为了玩，船底经常会长牡蛎，严重影响船的航行，他们要定期潜到船底清除那些牡蛎。

想想有条船，可以出海看风景，是很浪漫和快乐的事，但是这中间的烦恼，又有谁知道呢？

尊重每一个生命

那天周末，我们全家去一家餐馆吃早茶。看见邻座的一位美国白人在给他的弱智儿子喂饭。他非常有耐心，不断地问着孩子：“我们尝尝这种点心，好不好！”孩子面无表情地看着他，他继续说：“来，爸爸帮你切小点。”他用刀把点心切成小块，一口一口地喂给孩子吃，还不停地问：“你觉得怎么样？好吃吗？”儿子仍是毫无反映，但是父亲并不气馁，继续耐心地教着孩子，每当有点心车推过来，他就把各种点心介绍给儿子。

我看到这一幕，心里真是感动极了。这位父亲明明知道儿子听不懂，还是把他像正常人那样对待，耐心地教育他，期望有一天他能像正常的孩子一样工作和学习。如今像这样的父亲可是不多了。许多先生都像巩俐主演的电影《漂亮妈妈》里那样，一旦女人生了残疾孩子，就抛妻弃子，一走了之，把一个烂摊子留给女人。女人有良知，会坚强地挑起重担，把孩子养大成人；女人若也不愿负责，就会把孩子丢给福利院。其实，现在医学这么发达，残疾孩子在怀孕早期就可以发现。如果一定要生下来，就要担起做父母的责任，不能因为孩子有残疾就抛弃他。他也是一个生命，也应当得到尊重。当然，残疾孩子需要父母付出更多的心力，所需的时间和精力远远无法和正常孩子相比。然而，正因为如此，作为父母更要对孩子付出更多的爱心。许多孩子就是因为父母的精心呵护和培养，最后和正常孩子一样，生活自理，还能学有一技之长，养活自己。爱往往能创造奇迹。

我认识一个从小失去听力的孩子，他的土木工程师妈妈为了培养他，辞职在家，当全职家庭主妇，付出了很多心血，终于让孩子可以像正常儿童一样上学，甚至还学会了弹钢琴。我还认识好几个有自闭儿的妈妈，有一个妈妈曾经是小有名气的作家，但是在写作之路发展最好的时候，毅然放弃了大好前途，回到家里全心照顾家里的自闭儿。在妈妈的努力下，孩子不但和同龄孩子一样，同步完成学业，还顺利考上名牌大学。还有个妈妈，在家教育自己的自闭儿，那孩子学会了钢琴、吉他、竖琴、古筝、长笛、中国笛子、爵士钢琴等7种乐器，画得一手好国画，还写得一手好书法，中英文都不错，经常在各种活动中演出，边弹边唱，让人觉得惊讶，这样的天才儿童怎么可能是自闭儿？外人当然不知道，为了能教育好孩子，孩子的妈妈十几年都没去外面玩过，也没和朋友外出喝茶聊天，煲电话粥，全部的心血都花在孩子身上了。

谁也无法预测，是不是会得到一个有问题的孩子，但是那些能够面对现实，接受并善待孩子的家长，尤其是花很多心思去精心照顾培养孩子的人，是非常让人敬佩的。

爱的奇迹

我们公司是一个研究器官移植后的排斥反应的公司，接触的病人案例大多和器官移植有关。我们的研究包括心脏、肺等器官的移植。特别是心脏移植，每一个医学案例都有一个动人的故事。

这天，公司请来一位名叫比尔的心脏移植患者讲述他的心路历程。他曾经患有严重的风湿病，突发大面积心肌梗塞，不得不靠人工心脏维持生命。后来，好莱坞一位英俊的歌星兼演员在一次演出事故中身亡，他的心脏移植给了比尔。比尔恢复得很好，他参加了旧金山举办的“逃出监狱岛”的铁人三项比赛，又是游泳，又是跑步，还骑很长一段自行车。他还经常参加专门为器官移植患者举办的奥林匹克运动会。他看上去年轻而健康，丝毫没有病态。他成立了一个基金会，全力帮助等待器官移植的病患。

他说他非常感谢那位给他心脏，让他重获新生的演员。能够为他人提供器官的人都是有大爱的。不知是不是演员的无私行为感动了上帝，爱在比尔的身上发生了奇迹。他原本对音乐一窍不通，后来突然就精通音乐了，他写了不少歌，还经常表演唱歌，他用各种形式赞美生命的意义。他还把自己的故事拍成电视片，还获得了艾美奖。他说他能够取得今天这样的成就，全是爱创造的奇迹。他尤其感谢我们公司的人，因为我们的技术让他们这些患者少受很多痛苦。

原来，医生为了观察心脏移植患者的病变情况，需要不断给病人做组织切片检查。这种检查很痛苦，需要在病人颈动脉切个小口，用特制的小夹子伸进去，沿着血管，到心脏内壁取一小块肌肉下来做成病理切片，由病理专家来做鉴定。而我们公司最新的科研成果可以不需要做这种活体切片，只要取一管血，提取DNA，做个基因表达就能确定患者的病变情况了。患者不必忍受手术之苦，只需抽一点点血就能知道结果，实在是少受很多罪。比尔对我们说："你们不知道你们做了一项多么有意义的工作。"我听了这话，感到无比骄傲，因为我也参与了这项技术的研究，也是创造爱的奇迹的人之一。

经常觉得，每天枯燥无味的实验室重复性工作是多么无聊，也不知道自己的数据何时能起到作用，解决什么世界上的科学难题，好像每天都在制造学术垃圾似的。因为生物医学研究是个没有尽头也看不到任何希望的学科。不知道何年运气好，才能有个重大突破。大多数时间，是在重复着没完没了的实验，就是为了有足够的数据，证明一个假设，也许有一天，真的就发现了奇迹。这一行赚钱不多，工作又辛苦，付出的脑力和体力劳动都不少。如果没有特别的热爱，只是为了赚钱讨生活，真的不必做这行，也不必过得像苦行僧。但是听到比尔的话，我又觉得所有的付出都有了回报，能够创造这样的奇迹，是人生非常美好而又有成就感的事。

德国海归

来自前东德的同事德克来美国十多年了。他拿了博士学位，在公司里有很好的职位，是生物资讯部的主任，公司领导很器重他，他也为公司做出了许多贡献。大家都认为他在这个公司会有很好的前途。

没想到前不久，他突然宣布，他将带着全家回德国定居。听了这个消息大家都很震惊，是什么原因让他放弃这里的大好前途回到母国呢？我们不解地问他，他深深地叹口气说，这是一个很困难的决择，他也是思想斗争了很久才做出此决定的，主要是因为他和太太的父母都岁数很大了，身体也不好，他们不在自己的身边，无法得到很好的照顾，另外老人们也非常想念孙子孙女们。因为他的太太坚决要回去，他也决定回去了。

“那孩子们会适应那边的生活吗？”我问。他说他在这边一直是让孩子们上双语学校。孩子们都说得一口流利的德语，也懂得德国的文化。况且现在德国很发达。和美国也差不多，回去以后不会觉得有“文化休克”。

他又问我：“要是你呢？你怎么选择？”我一时语塞，还真给他问住了。我不禁想起最近在朋友家看的电影《剧院魅影》。女主人公一直无法在两个男人之间作出选择，一边是她音乐的灵魂老师，才华横溢，和她心心相通；一边是温柔多情、帅气多金的子爵。在理想和现实之间该选哪一个，回去还是留下？这是许多来美留学的中国人面临的共同问题。不光是中国人，几乎所有移民来美的其他族裔都要面对同样的难题。

我也当回明星

摄影机沙沙转动着，导演一声“开麦啦”（Camera），我这个女主角便开始了表演。别误会，我们可不是在拍好莱坞电影，而是拍我们公司的产品示范片。因为我对这个实验非常熟悉，公司就把这个光荣的任务交给我啦。

虽说做了无数次的实验，真正上镜还是有点紧张。第一个镜头是我拿着试剂盒和样品走到实验台前，我按照导演的要求拍完了第一个镜头，导演喊“卡”（Cut）了之后说，再来一遍。我紧张地问导演：“是不是我表现不好？”导演说不是，刚才拍的是远景，现在要拍近景。我又表演了一遍。接下来的一个镜头是拍我核对标签。导演说要拍我的手部特写，他把一个小支架放在我的手腕下面，这样我的手就不会因为悬空太久而累了。只见摄影师从各个角度拍了许多条才罢手。大概回去之后还要重新编辑，选出最好的一条吧？再下去，是拍我把样品倒进试管，再放进离心机里。也是一遍远景，一遍近景。近景拍到一半时，忽然导演喊“卡”，他问：“你刚才把试管盖子放哪边了？”我说：“好像是左边吧？”仔细一看，咦，怎么跑到右边来啦？前后不一致可不行。

就这样，5分钟的演示实验拍了一下午。终于拍完了最后一个镜头，我把处理好的样品放进冰箱。我长长舒了口气，全都结束了。导演直夸我表现很好，和导演摄影师配合得很老练。他告诉我，他们将把样片进行剪接和后期制作，然后做成DVD，它将随着公司的产品发送到全世界各地，很快，我的形象将被全世界的用户所熟悉，就算是好莱坞的明星也未必有这个福气呢！

后来某一天休假回来之后，忽然接到市场部主任的通知："你又要当明星了。"她看我一脸疑惑，就解释说，是拍第二代产品的演示片。哦，明白了，第一代就是我拍的，因为那时公司不想请专业模特，怕她们做不好实验，就找了既会做实验，又有一点点表演经验的我来拍。这样公司又省钱，片子拍得又顺利。打那以后，我俨然就是公司的产品代言人。什么平面的介绍啦，电视台要的公司短片啦，只要是出镜的，一般都会找到我。大家都笑说，我成了公司的专职模特了。这在一个美国人为主的公司，还真是很少见的。

这次再拍，轻车熟路，还是原来那个导演和摄影师。导演指着对面的试管架对我说："那边往后就是……"我没等他说完，就接下话喳："镜头以外。""对了，那你从外面进来要走……"我又接下去说："走直角，横着走到中线，再直走，这样镜头里看上去像从外面进来的。""很好"，导演说，"看样子上次你都记住了，这次会拍得很顺利。"我说："对，我下午还有实验，上午必须得拍完。"于是，我们各就各位，导演冲摄影师一喊："Speeding！"我就准备就绪，等着导演喊："Camera！"就马上开始表演。随着导演的一声："Cut!"我们的拍摄圆满结束。

听说，这第二代的演示片不但要发行到世界各地的客户那里，连新的员工加入公司当天，都要先看这部介绍公司产品的片子呢！从小梦想着当明星，都一直未能如愿，想不到竟然在这里圆了。

我在餐馆摔一跤

那天，我到一家墨西哥餐馆吃饭。点好菜之后，我想去洗手间。起身刚走没两步，脚下一滑，一个屁墩，摔倒在地。服务员见状，赶紧跑过来扶起了我，忙不迭问我有没有摔伤，我觉得他太小题大做了，向他摇摇头说没事，就去了洗手间。

回来之后，发现那个服务员还在那里，见我回来了，马上过来问："你真的一点事也没有吗？""没有啊！"，我有点不耐烦了。他说："我们跟总部反映过很多次了，要他们不要用这种材料做地板，他们一直都不听，好多人都摔过了，你要不要提个告诉？""不要了吧？饭好了吗？我想先吃饭。"我觉得他都快影响我食欲了。

不一会儿，饭端上来了，我很快吃完了，叫账单时，那服务员说，不用了，经理已经把账单结了。这时，一个戴着经理牌牌的人走过来，他指指那个服务员说："他都告诉我了，真是很抱歉，这种事已经发生过很多次了，我们也提过很多次意见，一直没结果，我们建议你也写个意见卡，多些人提意见，他们就会听进去了。"说着，他递给我一张投诉卡，上面都已经填好了，我看了看，没啥问题，就签了字。他再次问我："你确定没事吗？不用去医院检查一下？"我想起有个老太太让咖啡烫一下还赔了好几百万呢，我可没有那么黑。我说不用检查了，他又拿给我一叠文件说让我签字，不会起诉这家餐馆，做完这些文件，我才可以离开。虽然我不用付饭钱，我还是给了服务员很好的小费，毕竟他还是关心我的。

我爱我家

一般买了房子之后，第一件事就是去Home Depot找装修的东西。美国人喜欢DIY，什么装修都自己动手，许多人都是业余木匠和油漆工。

不少中国人来到美国后，也入乡随俗，自己做起装修来，比美国人是毫不逊色。我曾在网上看到过一家中国人，自己买木头，刨刨钉钉的，硬是在自己后院里拼装出一个中国古典风格的亭子。不过我最近从朋友那里听来的故事更是惊人。

话说一家工人都是上海留学生，学位拿到之后，在科罗拉多州的一个偏僻小城找到了工作，买了栋新房。可惜，那里离有中国城的丹佛市太远，买些中国食物相当不容易。两口子都爱吃活鱼，美国超市不卖，中国超市又太远，买起来不方便。怎么办？两口子一看，新房的院子很大，挖个鱼塘不成问题么！说干就干，他们买了全套的挖掘工具和小推车。自己还设计了装水泵的地方。那时，男方的父亲刚好来探亲。当时正值夏季，父子两人日夜轮流赶工，挖了一个夏天，就像愚公移山那样，不停地挖土，把土运到附近建筑工地上。他们居然真的挖出了上下两个鱼塘。虽然两人脸晒得黝黑，像真正的农民，手臂也粗壮了许多，但是那年，他们终于吃上了活鱼。不但如此，他们的篱笆也是自己买木头和打桩机做好的。连石子路也是买了两吨石子，运到家里，自己一点一点铺好的。

这样用心装修自己的家，我还是头一次听说呢，真是让人佩服得五体投地呀！

锯树记

刚买房子的时候，我和老公都雄心勃勃地要把家里的后院好好打理，种上玫瑰花、倒挂金钟、茶花等各种花卉，再种上番茄、辣椒、黄瓜、丝瓜等蔬菜。我们买了种子和花苗，又买了肥料，精心种了几个月，但什么都没长好，还有许多植物都死翘翘了。仔细分析一下原因，就是阳光不足，而罪魁祸首就是园子里那几棵大树。

我们这边是统一规划的小区，每家后院都种了相同的一棵木梨树和一棵日本李子树。别瞧这名字好听，真实情况很让人烦恼。木梨树长得枝繁叶茂，春天时，满树开满了洁白的花朵，好像很美的样子。等秋天的时候，树上结满了木梨，又小又难吃，只有松鼠喜欢吃里面的种子。于是这个季节，你总是能听到噼里啪啦的声音，就是松鼠在吃木梨，它们把里面的籽吃掉，外面的壳就丢院子里，搞得院子很乱。再加上树叶掉得很多，每天扫叶子也是一个很累人的活。日本李子不是吃的李子，这个树是为了赏花的。开春的时候一片粉色的花海，非常美丽。等秋天结果的时候就讨厌了。这李子很小，核却很大，肉几乎吃不到，甜倒是很甜的，但是一口吃不到什么。掉在地上就是一滩紫色的水，搞得地上很脏，烂了之后还有股难闻的味道，我都恨不得把这两棵树砍了，重新种点可以吃的果树。

这两棵树自己麻烦也就算了，问题是树枝长得老长，一棵已经伸到卧房的窗户边，再长就上房顶了，说不定还会砸到房顶。树冠几乎覆盖了整个院子，下面的花草都见不到阳光，自然也就长不好。

老公说，我们得想办法锯掉几个树杈，起码给院子来点阳光。说干就干，我们到卖居家装修用品的Home Depot，买了一把电锯，一把手工锯子，还有一根绳子，心想，这些东西，锯个树杈总是够了吧？我们选了个周末，老公爬上树，将绳子一端系好，下面是由我来美国探亲的父亲拉着，老公蹲在较粗的一根树杈上开始锯。我们发现，看起来胳膊那么粗的树杈怎么锯起来这么费劲啊？我们都错误估计了锯树的难度。老公锯了半天，也不见什么成果，就这样，慢慢锯，好不容易锯断了树杈，父亲将树杈拉住，让整个树杈慢慢放到地上。然后我们又用电锯把树枝锯成小段的，装进垃圾桶。好家伙，这可真是浩大的工程，就这么一个小树杈，竟然用掉我们一整天的时间。剩下的大树枝，老公说还是别自己锯了，请专门的公司来做吧！

这事就这么放下了。过了一段时间，忽然有一晚，风雨交加，最外面那个大树杈到底给吹断了，还很不幸地伸出院子外面，砸到了停车场里的一部车。车主找我们理论，要赔偿。我们赶紧翻出法律条文，原来这种伸出院子外面的树杈不是我们的责任。需要保险公司管。我们还写了一封措辞严谨的信给车主，要她找自己的保险公司处理此事。至此，我们不得不打电话给锯树公司，要求专业人士来处理树杈的问题。

美国锯树也不便宜的，把整棵树连根挖了要两千块。锯这样的大树杈也要400元，这还算是便宜的。谈妥了价格，人家公司就按时来了。到底是专业的公司，有升降机，有粉碎机，升降机把工人送到树杈根部，电锯咔咔一锯，树干进粉碎机，当时就粉碎成木屑，这东西可以覆盖土壤，保持水分，还能变成植物养分，是很环保的。

锯了树，我们院子的阳光好了很多，现在又可以种我喜欢的各种蔬菜了。去掉了那个大树杈的隐患，我们的房顶再没被砸的隐忧，采光也更好了。我们都说，锯树这活儿自己干不了，还是请专业公司为好，花点钱就花点钱吧！

鲁班乐

小时候，我生活的年代是中国物质生活极其困乏的时代。人们买不起好家具，都自己在家里打家具。我对木工活一点不陌生。但是到了美国，我以为大家都买现成家具了，却没想到，美国做木工更加方便，好多人还把这当成业余爱好。

美国有家店叫Home Depot，专门卖一些DIY居家用品，比如各式水龙头，你可以挑了自己装上。各种的灯、电风扇、水槽、炉灶，各种粘家具的胶水，各种门把手等，居家应该有的，这里基本上都能找到。但是这里还有各种规格的木头，就是很多人都难以想象的了。那些木头都是按一定标准做的，比如长宽厚度，都是按一定数字做的。你在这里可以找到长条的木板，还有木条，厚木板，薄木板，以及相应配套的胶水，钉子等等。网上还有做东西的图纸，人们可以从网上查看，想做什么的话，就把人家要求的材料记下来，到店里按单子去买。买了按图纸做，什么木匠能做的东西你都能做出来。

我家先生突然就对做木匠活着了迷，花了上百元从店里买了各种的工具，电锯、刨子、砂纸、卡尺、卷尺、水平仪等。还有锯木头时，为了防止木屑伤到眼睛的安全眼镜，怕锯木头声音太响而戴的耳塞。一切行头制备完毕，他就去商店买木头了，按图纸，几号木头，买多长。请店里的人帮忙锯到他需要的长度。我们扛了一堆各种尺寸大小的木头回了家。在车库里，他全副武装地开动电锯，锯起了木头。把木头锯成需要的大小之后，按图纸，把各种木片钉起来。一个小板凳就做成了。我笑他，去店里买一个现成的，也许就10美元，现在做出来，成本就不止，还用那么多钱购置了设备呢！

老公可乐此不疲。板凳做好了，还得刷漆呢！又去Home Depot看油漆的颜色。那边有各种油漆颜色的卡片，你可以比较，找出一种适合自己的颜色。还可以调配，你说喜欢哪几种混合的颜色，他们工作人员可以当场给你调。老公找了一款奶白色的。回到家，刷上一看，放院子里太容易脏了。又转回头，去买了一罐红色的漆，刷好之后，总算满意。

有了成功的经验，他再接再厉，又做了长条板凳。其实这些规规矩矩的东西都好做，照着图纸，按尺寸买木头就行了。他现在要挑战稍微难一点的东西，给孩子做个小木车，去野餐的时候，可以装上东西拉着走。木头好办，都是按尺寸买。轮子呢？没想到，也有配套的。网上找来的型号，到店里一找，还真有。还有相应配套的螺丝，钉子。老公在车房里敲敲钉钉的，居然真的造出了一辆小车。用绳子一拉，还可以走，甚至在海滩沙地上也能走。再刷上一层清漆，就可以用了。夏天去海边野餐，我们把水，烤炉，各种吃的和饮料，太阳伞等东西都放在上面，一车拉到海边，支起帐篷，烧起烤炉，烤肉野餐，别提多快活了。尤其是儿子，喜欢得不得了。

老公又囤积了一些木头，想继续他的鲁班乐。当把木匠活当成业余时间乐子的话，再多的辛苦都不在话下了。难怪硅谷有这么多业余鲁班啊！

抢购风潮

每年节日之后就是抢购风潮，因为感恩节、圣诞节之后都有比较好的折扣。以前我们每年都去抢购，但是每年都没抢到什么好东西。记得几年前的一次，我们顶着星星出了门，想着早上六点，总该能排在前面吧？谁想到，到了商店门口，还有更早到的，不但排队排得拐了好几个弯，连停车位都找不到。好歹停好车，排上队，天气冷不说，等好不容易排进去了，人家又告知，某种商品已经售罄，大家就别浪费时间了。你不甘心，还想买点别的，可是买来的电器总是有这样那样的毛病，不是款式过时了，就是本身硬件不过关。我曾经买过一个手提电脑，比市价便宜了一半，可是电池寿命很短，总是得拼命充电。还有一次，我们抢购到了一台液晶电视，几个月以后就降到我们买时的价钱了，而且满大街都是，想我们起大早，那么辛苦地抢购，真是觉得亏极了。

服装店也好不了哪儿去。满屋子都是凌乱的衣服，想挑一件都不容易。鞋子也是丢得到处都是，东一只，西一只，很难凑得一双。每次都觉得那些服装鞋帽其实不那么实用，就是为了贪便宜才买，可是买了才发现，其实没赚到多少便宜。要是平时打折时，还能挑到一些满意的款式，现在只有短短三小时可是够难挑的。我买过一双凉鞋，样子真是不错，但是当时太过匆忙，没有好好试试，后来发现不是那么合脚，再换就找不到一模一样的了，只好凑合着穿。后来，我和老公决定，以后无论如何不要再加入这样的抢购风潮了，还是在家睡个懒觉比较舒服。

摘樱桃

和另外两个好友——阿彩和宁儿约好，周末去Brenthwood摘樱桃。大家在大华99的广场集合，向目的地开拔。阿彩说可以超近路走，可以省些时间。于是我们转进了一条山间小路，开始只是两边整齐的田地，越往里走，风景越发别致，峰回路转，绿树成荫，林间传来婉转的鸟鸣声，还有可爱的野鸡大摇大摆地走过。猛然，前面出现了一座美丽的山谷，山谷下面是一泓碧水，原来这里还藏着个宝石一般的湖泊。住在这里这么久，从来不知道这里还有个公园，而且风景还这么好。正想着，我们走出了公园，仔细一看，咦，怎么又回到出发的地点了？闹了半天，我们走错了路，整整绕着这座山走了一圈，倒是把这个公园看了一遍，但是时间都耽误了。

我懊恼地说："果园四点钟关门，不知我们还赶得及不？"阿彩说，先停下来看看地图再说。宁儿安慰我们说："没关系啊，我们虽然走错了路，但是看到了那么好的风景，不是也很值得吗？"我听了立刻心情大好！是啊，走错路不要紧，谁没有犯过错误呢？如果能有一个好的心态，就算是错误，也能看到积极的一面。人的一生难免要走错过几回路，如果只是怨天尤人，那除了徒增烦恼，什么问题都不能解决。如果我们能把走错路，看作是欣赏了别样的风景，这样无论发生什么事都能有个好心情，那人生的烦恼不是少了许多？

再上路，我们果然没有再犯错，顺利地到达果园。当一队人马浩浩荡荡开到Brenthwood，才发现摘樱桃的广告牌很少，好多果园也都关了，莫非樱桃时节已经过了？好不容易找到一家比较热闹的果园，上前一问才知，原来今年雨水太多，春天的时候花落了好多，所以樱桃的收成不太好，樱桃时节也就提前结束了。我们大家听了都很失望，园主安慰我们说：“没关系，还可以摘桃子和杏啊！”也对，总不能白来一趟啊！于是我们摘了一大堆桃子和杏子。我是第一次摘，没经验，总是摘那些在树上已经熟透的果子。可是这些果子太娇嫩了，稍微一碰就一大块伤，带回家都快烂了。

摘够了，我们就开车到别的果园转转，忽然看见一群人正在地里摘草莓。原来还可以摘草莓啊！我们立刻来了精神，跳下车，直奔过去。摘好之后去付账时，发现前面一个人很眼熟，走上前去一看，原来是公司的实习生，印度女孩扎娅。她说她刚摘完樱桃过来。什么？还有樱桃可以摘？我们一阵兴奋，赶快问清地址，开到樱桃园。果然，一片樱桃树林硕果累累。我们不顾一切地爬上梯子，尽情地摘起来。虽然树上的樱桃有点过熟了，果实开始发皱，柄也开始发黑，但我们毕竟摘到了今年的樱桃。园主说这里的樱桃品种成熟较晚，所以现在我们还有樱桃摘，但是即便如此今天也是最后一天了，明天园子就关了。幸好我们今天赶来了，幸好我们碰到了扎娅，不然就差点错过了樱桃时节呢！

骑自行车上班

那天早上路过火车站，看见那里多了一个小摊子，凡是推着自行车的人都会在那里停下来，领一个小包走。小包里面是一瓶水，一块蛋糕，几个水果。一问才知，这天是骑自行车上班日，凡是有自行车的人都尽量骑车上班。这是环保组织和自行车协会共同办的活动，每年都有。目的是让大家减少开车次数，尽量选用无污染交通工具。

到了公司，才发现，老板还没到，想起他也是个自行车爱好者，可能今天也会骑车上班吧？可是奇怪，我左等右等，还是不见他的踪影，都快到中午了，才见他满身泥泞，一脸疲倦地出现在公司里。我一问才知，原来他老兄从Pleasanton一路骑了五十多英里到达南三藩市，共计5个小时，现在刚刚骑到公司。不会吧？我记得平时他是从家里骑车到地铁站，然后扛着自行车坐地铁到公司附近的地铁站，下了地铁之后再骑车来公司上班。今天虽说是倡议骑车上班，但是意思一下就行了，他还来真格的，从自行车协会要了张自行车专用路的地图，真就很实在地全程骑自行车上班来了。不要说这五十几英里都是崎岖的山路，就是平地也要骑好一阵子呢！更何况，中途还要跋山涉水，很多地方都没有路可以骑，要自己扛着车走过独木桥，跨过溪流。好走的路都是供开汽车用的，给骑车人的路不是土路就是转了很多弯的辅路，比实际上班距离不知要长了多少。我想，这半天已经过去了，他要是还这么骑回去，那就什么也别干了，现在就出发回去。还好，他说，他是要坐地铁回去的。

鲨鱼之城

如果把硅谷比作一个王国，那么处于这个王国中心的城市就是被称作“硅谷首都”的圣荷西。它还有个别致的名字——鲨鱼之城。

或许因为圣荷西市有一个著名的冰球队，名字就叫“鲨鱼”吧？鲨鱼成了这个城市的象征。每逢夏季，市中心就举办鲨鱼城市雕塑展览。玻璃钢制成的姿态各异的鲨鱼雕塑分布在市中心的各个角落。他们当中，有的顶着橘子、香蕉、菠萝等热带水果，脖子上戴着彩色的花环，一副热带风情的打扮；也有的古朴典雅，只是用古铜色的铁皮做成顶着串串铁球的鲨鱼，好像连串的球形闪电，很有科技的味道；还有的穿著黄色的草裙，活像个跳舞的女郎；也有的简洁得只是纯白色，大理石雕塑一般；还有的穿着航空小姐的制服，实在是俏皮极了；也有的披上五颜六色的彩带，如同彩虹一般……这些多姿多彩，表情各异的雕塑为夏季的城市增添了许多趣味，更重要的是这样精彩的展览却是免费的。当你漫步在街头，一面欣赏着这些风格独特的鲨鱼雕塑，一面体会着硅谷高科技的风情，你会发现，其实鲨鱼真的能代表硅谷的性格：永远在高科技上称霸世界，无论是计算机，还是生物科技，有多少次金融风暴袭来，硅谷从未倒下。即使是网络经济泡沫之后，虽然哀鸿遍野，但是硅谷及时调整方向，很快又变得生机勃勃了，就像鲨鱼那样霸气，永远是海洋之王。

环保房屋

公司每年都会组织一个社会公益活动。今年的活动是向民众宣传推介环保房屋。所谓“环保房屋”就是整个房子的材料都是用可再生或是可回收的材料做的。而取暖供电供水系统都是最新的节能设计装置。配置的洗衣机和抽水马桶也都是最新的节水设计。这样的房子可不是哪里都有，全湾区只有东门罗公园市日升区建有数十栋。我们的推广活动就在那里举行。

一大早，我们就各就各位，从组织者手中拿到介绍材料，边阅读，边跟着讲解员学习认识各种建筑材料和出处，等学习得差不多，我们就上岗了。来看房子的民众不停地问我们问题，我们就凭着刚学到的知识现炒现卖：家具是用竹子做的，因为竹子砍了还可以再长；地板是用巴西木做的，因为这种树成材周期短；地毯是用回收的旧棉纱经过处理后织的；磁砖也是用回收的碎彩色玻璃重新烧的；房里摆设的工艺品是用一次性的筷子搭的。

一个上午下来，我们也把房子的构造和布局弄熟了，就像个房地产商人那样熟练地向看房子的客人介绍房子。你一定好奇，这样一栋设计新颖的全新独栋房子要卖多少钱呢？说来不可思议，只要六十万美元起价，这在寸土寸金的硅谷实在是太便宜了。原来这里的地段不够好，紧挨着犯罪率颇高的East Palo Alto市，没有很好的学区。不过对于没有孩子又是第一次购屋的年轻人来说倒是一个不错的选择。

一场别开生面的知识竞赛

你知道和你朝夕相处的同事有什么业余爱好？曾经发生过什么糗事？年轻时干过什么傻事？也许他们在平时的聊天中提起过，你却忽略了。那就参加一次这样的比赛吧。在“全国实验室周”里，我们得到了ABI公司赞助的活动经费，举办了这样一场别开生面的知识竞赛。组织者们先是私底下问了一些人：什么是他们认为最代表自己，又不为其他同事熟知的事，然后编成填空题，让大家回答，答对最多的有奖。

题目拿到后，大家全傻了眼，好像这些事情和同事名字对不上号呀！有些好猜，比如“谁和英国女王在白金汉宫喝过茶”，这还用问，当然是来自英国的副总裁Liz了。“谁和威廉王子做过小学同学？”根据年龄推算，当来自英格兰的Adrew莫属。“谁曾驾船从旧金山航行到墨西哥？”一定是有驾船执照的Susan了。谁曾编写剧本？自然是业余戏剧爱好者Torrance。还有一些题目则故意误导大家，比如“谁是在夏威夷出生的？”大家都以为是来自夏威夷的Wade，其实他是德州出生的，后来才随父母搬到夏威夷住。真正的答案却是菲律宾女孩Carolina。“谁曾经办过素宴？”因为大家都知道我曾在报纸上主持过一个美食烹饪专栏，并且喜欢素菜，就都填了我的名字，而答案却是新来的大胖子Efrem。

还有一些题目则非常出乎意料。“谁曾经是赛艇选手？”大部分人选了身强力壮的Dave，实际却是身材瘦小的印度女孩Shewta。还有，看上去古板的科学家Russ，16岁时曾开着红色跑车撒野；平时严谨仔细的安妮在海边照相时，被海浪卷走了相机；平时粗枝大叶的Lisa曾在梅西感恩节游行里吹过单簧管；严严肃肃的Laura在学校乐队吹过长笛；时尚女孩Rebecca曾经是个职业牧师；不苟言笑的Jina中学时代曾写过幽默诗歌“大象的屁股”；外表酷酷的Ngoc把自己心爱的狗狗取名叫“草药”；看上去笨手笨脚的Dianne竟然是个灵巧的业余木匠；文静的黑人女孩Kimbly曾经在牙买加玩过30米高的悬崖跳水；华裔员工Jenny的叔叔得过艾美奖；新来的实习生Grace参加过美国偶像的选拔：谁又是那个没完没了给安全眼镜上紧螺丝的人呢？那就是我啦！谁让我倒霉，分到的安全眼镜螺丝总是松呢？

答案公布以后，大家都觉得不可思议，原来我们对身边的同事是这样的不了解。大家一致认为这个游戏很好，增进了彼此的了解，也促进了同事之间的感情，以后一定要多举办这样的活动才是。

本月流行中国风

春节就要到了，正好临近公司每月举办一次的欢乐时光活动，于是我建议做成中国主题的，大家都举双手赞成。

我便开始筹化活动的内容和食物。我找到几个中国同事，借来中国对联、中国结、大红灯笼、新春爆竹、十二生肖的挂历，还去附近的银行要来红包，里面塞上金纸包的元宝形巧克力。去中餐馆叫了锅贴、春卷、叉烧包等点心，又去中国超市买了年糕、盐水花生、吉庆糖果。公司里的一个美籍华人还自愿做一盘小笼包奉献给大家，

真正办活动那天，公司里的大会议室布置得喜气洋洋，处处散发着浓浓的中国味。门口两旁贴着春联，门上挂着一个大红灯笼和一串仿真爆竹。会议室里挂着中国结，富有中固文化特色的十二生肖挂历。正中央的桌上放着香喷喷的中国点心和糖果，我还准备了中国特有的龙虾片和青岛啤酒。

公司的CEO要我讲讲中国春节的来历和每样食物的代表意义。我就尽我所知道的讲给大家听：传说很久以前，有个魔鬼叫“年”，它害怕红色，害怕爆竹，所以我们过年时穿红色衣服，放鞭炮，赶走恶鬼，求得下一年的平安吉利。年糕代表步步高升，花生又叫长生果，代表健康长寿，饺子的形状象元宝，代表发财，一个老美对我说：“我这几样东西都吃了，是不是说我今年会升职，会发财，会健康？”我点点头说：“对！”大家一起笑了起来。最后我把红包发给大家，并且教他们用中文说“恭喜发财！”

珍妮的暑假

同事的女儿珍妮今年才12岁，第一次自己安排中学的第一个暑假。

在放假之前，她就看暑期的课程安排，她看到了自己一直想修的摄影课，就提前报了名。以前妈妈一直要她读中文，她都没兴趣。去年回国一趟，她深感中文的重要性，这次不用父母逼着，她自己主动在社区大学找到了研修中文的暑期班。她还觉得自己数学不够好，想在假期做些比较难的数学题。不过她选的实在太难，自己根本做不出。她知道有个网站论坛就是讨论这些问题的，她就把自己解不开的题放在网上，不一会就有人贴帖子上来教她怎么解题。她很高兴，觉得这个人对她的帮助真大。妈妈觉得奇怪，她怎么会用这样的方式完成作业。现在的孩子真是比父母那一辈厉害多了。上次妈妈不小心，把兜里装着蜡笔的口袋洗了，还用烘干机烘干，结果蜡笔油彩都附着在衣服上了，还很难洗。就在妈妈一筹莫展之计，珍妮把难题贴在网上，很快，有人告诉她，要在洗衣机的水中加小苏打，用热水再把衣服洗一遍就好了。她就把这个妙招告诉妈妈，妈妈吃了一惊，发现这个小姑娘还真有一套呢！老师留的暑假作业是做一到两个手工。珍妮在网上看到环保人士把可乐罐的易拉环做成手镯。她就选定了这个作业。她从家里找来一些彩色丝线，把拉环穿过去，然后做成一个美丽的手镯。

就这样，珍妮自己制定了暑假计划，并且完成得很好。妈妈说她像个大孩子了。这就是美国和中国教育的最大不同，学校老师没有留一大堆作业，而是让学生充分发挥自己的主观能动性，独立自主地解决问题。

小小诺贝尔奖

一年一度的硅谷青少年科技比赛落下帷幕。这项比赛已有49年历史，此次有将近900名六到十二年级的学生，共展出六百多个科技项目，担任评委的是本地企业界和学校里的专业人士。

我的同事也是评委之一。她说参与这样的活动非常有趣，可以看到孩子们丰富的想象力，如一个女孩子的参赛作品是如何提高玉米花的爆裂率。有感于纸袋玉米花中总有一些玉米没有爆裂，她就想研究一下，这些玉米粒为何没有爆裂？怎样处理才能让这些玉米粒爆开。她请教了许多部门，查了许多相关资料，做了不少实验，她把玉米粒浸在不同的试剂中，看看经过外理的玉米会不会提高爆裂率。而获得第一名的男孩子，参赛项目是研究太阳照射后对岩石表面成分的影响。他找到有关部门，得到丰富的第一手资料，经过分析和处理，写出了一个出色的报告。他甚至像大人们那样，用计算机绘出了许多很复杂的图来说明结果，让评委们很是佩服，一致给了他高分。不过他们毕竟是孩子，有时侯还会考虑不周，比如一个研究光合作用的孩子只用了一株植物做实验，我同事一看就给逗笑了，她说：“孩子，只有一个实验样本，你认为能说明问题吗？”

这个比赛的优胜者将参加英特尔科学奖（又称“青少年诺贝尔奖”）的评比。如果获奖，可以得到一笔可观的奖金，还能被推荐上名牌大学，更重要的是奠定了科研基础。谁能保证，将来这些人中，不会真的出一位诺贝尔奖得主呢！

网络白老鼠

我曾经在一家离Yahoo很近的公司上班。那时正是网络红火的时候，Yahoo不停地推出新的服务，但是到底顾客喜不喜欢，他们也没把握，于是就请一些人来做网络测试。他们发了个广告在我们公司，说只要把自己的名字放在他们的数据库里，只要有需要，他们就联络我们。我把名字放进去没几天，就接到通知，在中午午休时间到他们那里去测试网络。

我一进门，一位小姐就让我填一张很详细的表格，把我的个人情况和工作情况都写下来，这样有助于他们了解是什么样的人在测试网络。这次是测试他们新推出的卖车网页。我被领进一间房间，那位小姐把一页页网页照片给我看，问我从上面能得到什么信息，我说，知道车的款式，价格，贷款方式，还有哪家公司在卖。她又问："那什么信息，你想知道，这里又没有？"我说最好有个活动的视频，让我们知道这车开起来是什么样，网络买车，不能做路试，那怎么知道这车开起来是怎样的？还有，我觉得画面颜色太单调了，能不能再加点色彩？她说："好的。"又把我领进另一间房间，里面有台计算机，屏幕上就是那个卖车的网页。她让我去浏览一下，就当我是个想要买车的人，看看对这个网页满意不满意。我一边浏览，一边把我的想法记下来，然后汇总了，交给那个小姐。最后，她给我一套拼图，要我在十分钟之内完成。老实说，我从来没玩过这东西，试得满头大汗还是没完成，只好就这么结束了。几天以后，我收到了他们寄给我的包裹，里面有一件Yahoo的T恤衫和一张60美元的支票，算是报酬吧！

什么最环保

公司里的职员帕米拉是一个环保组织的成员。她向公司的CEO建议，现在公司午餐室所用的一次性塑料刀叉非常不环保，应该改用她们环保组织推荐的一个公司的产品。这家公司生产的一次性刀叉是用玉米做的，放在水里，一星期后就会降解，不会形成白色垃圾。公司领导一听，这是好事啊，当然支持！于是一大箱价格不菲的玉米刀叉便被运进了公司。

开始大家都抢着用，环保谁都支持啊！可是没多久，问题就出现了。我和几个亚洲人带的饭需要用微波炉热了吃。等热好了饭，把玉米叉子叉进饭里，叉子立刻弯曲变形，没法用了。另一个印度同事喝咖啡时，加了点糖，用玉米勺子一搅，勺子便扭曲，溶化，吓得她把整杯咖啡都扔掉了。她说，谁知道有什么有害的东西溶进咖啡里了呢，怎么敢喝呀！

公司里的一位男同事凯文一时起了好奇心，决定做一个实验，看看这玉米叉子到底会不会降解。他把饭盒里盛上水，把一个玉米叉子放在水里，水很浅，叉子一半在水里，一半在外面。我们几乎每天都去他办公室里看看，可是一星期过去了，叉子没有任何变化，完全没有降解的迹象。

与此同时，大家也开始拒绝使用环保餐具，要么用公司里现成的不锈钢餐具，用完了以后洗干净，下次接着再用。也有人从家里自带餐具。最后连帕米拉自已都不用那些环保餐具了。大家举着不锈钢刀叉对她说：“什么最环保？这个才是最环保的。”

都是兔子惹的祸

离我们住的地方不远，有许多学校，从小学到中学，还有幼儿园、学前班。学生课外活动里，也有养动物这一项。一些学生就选择了养兔子，兔子的好处是容易养，吃一些草和蔬菜，喝点水就行了。兔子的繁殖率极高，养一对兔子很快就有一窝小兔子了。可是问题也就出在了兔子身上。

一些喜欢养宠物的人也养兔子。最近经济不好，很多人失业了，连自己的生活都成问题，自然没有闲心和闲钱来养宠物。一些人就把自己养的兔子丢在小学校旁边的草丛里，这样可以给学校收养，让兔子们也有个好的去处。渐渐地，一传十，十传百，很多人都晓得把兔子放在这所小学的草丛里可以有个妥善的归宿。于是，越来愈多的人把自家养不起的兔子放在这里。

学校的承受能力也有限。不能把放生的兔子全部收养，于是就由着兔子们自由交配。学校的草丛成了兔子们谈情说爱的天堂。路过的人冷不丁就能看见个把兔子在草丛里乱窜。这地方没有天敌，兔子又不懂得计划生育，一窝一窝地生。一时间，学校附近的兔子泛滥成灾。学校的草丛已经不够吃了，兔子们开始向外寻找食物。周围居民花园里的鲜花，自家种的蔬菜就都成了兔子的食物。兔子们把附近的园子糟蹋得不成样子，引起了大家的不满。有人投诉到本地最大的《圣荷西水星报》，要求有关人士能出面管管这些兔子。开始这事没引起多大重视，到后来，投诉越来越多，上百个电话打进报社，看来这事非管不可了。

有人主张把兔子都抓起来，由附近几个学校均摊。也有居民放自己家的狗出来赶兔子，当然，这中间也有狗咬死兔子的。还有一些青少年用玩具枪射击兔子，被他们误杀的也不少。也有人建议，把兔子抓起来安乐死算了，因为实在太多，学校也养不起那么多，留在原地又打扰居民的正常生活，不如给它们善终算啦！动物保护组织一听可不干了，哪能随便杀死动物呢？他们要求动物收容所收留这些兔子。他们要立刻去那里抓兔子，而学校校长说，没有一个法律有效的许可证，谁也不能随便去抓兔子。各方人士本着自己的立场，对兔子的归属有不同的看法，谁也说服不了谁，大家互不相让，吵成一团，到头来，兔子的问题成了一个社区的大问题，要开会讨论才能做出决定。几方人马一路吵到了市议会，要求议员们专门开个听证会，通过一些法律条文来解决兔子的问题。

谁能想到，这小小的兔子竟然成了大难题。怎么做才能让各方满意，还真是让人头痛。几个月之后，大伙终于达成协议：由善心人士捐赠3千美元作为经费，制止人们再捕杀兔子。让几个非牟利动物保护组织的志愿者尽快把兔子都抓住带走。这些人会佩戴显眼的徽章以便识别，附近居民可允许他们进自家园子抓兔子。到此为止，兔子的问题终于有了一个圆满的解决。

减肥比赛

刚生完孩子以后，我一直为如何减掉身上这十几磅赘肉而烦恼。母乳喂养停止后，我就开始积极寻找减肥办法。正好这个时候，公司和附近一家健身俱乐部联合举办了一个减肥比赛，减重最多的人将获得一笔可观的奖金，减肥还有钱拿，这实在太有诱惑力了，我毫不犹豫地报名参加了。

我们所有参赛的人都要和俱乐部签订一个合同，即俱乐部拥有我们个人资料的使用权，将来可以用我们的减肥成果对外做广告。接着，我们每个参赛选手就和健身教练进行一次免费的约谈。由教练对你进行身体各部位的测量，包括臀围、腰围、臂围等处的长度，还用一个特殊的卡尺测量脂肪厚度，根据公式算出脂肪和肌肉比率，最后还照了相。等比赛结束时，再重新测量一次，对比比赛前的数据，看有什么变化。教练针对每个人的不同情况制定了适合的减肥计划。教练告诉我，能不能真正减肥，饮食起决定性作用，占百分之七十，而锻炼只占百分之三十。第一个星期，我只能吃蛋白质和蔬菜，一点碳水化合物之类的主食也不准吃，以后可以逐渐加一些，但仍要保持低比例。水果和酸奶也要少吃，因为这些食物都是高糖的。把一日三餐改成五餐，少量多餐，饿了就吃，千万不要空腹。每星期可以有一天解放时间，想吃什么就吃什么。每星期至少去三次健身房，每次至少一小时，其中包括半小时的肌肉练习和半小时的跑步机锻炼。然后教练带我到健身房各处走走，告诉我哪个器械是练上臂肌肉的，哪个是练腿的，哪个是练腹部的，哪个是练臀部的。最后教练递给我一张表格，让我填上每天都做了哪些锻炼项目，各多长时间。最后他对我说：“咱们三个月以后见，希望能看到一个全新的你。”

第二天我算是正式开始严格执行减肥计划了。早餐是一个没有蛋黄的鸡蛋，为了让口感好些，我做成五香茶叶蛋，减肥虽然辛苦，但是也不能太委屈自己啊。中午是蔬菜肉汤，过了二小时饿了，只能用黄瓜片、小蕃茄、小胡罗卜充饥。晚餐就吃清水煮的肉、豆腐和蔬菜，教练让我们用醋和橄榄油当调料，可是这样口味就差好多，我于是把调料改成芝麻酱、韭菜花和酱豆腐调成的涮羊肉佐料。我安慰自己说，就当天天吃火锅吧。

每天午饭一过，我和几个报名参赛的同事就来到健身房。别看平时大家关系不错，真竞争起来也是十分激烈的。一连几天，每次都能碰上同伴在那里刻苦锻炼，让你觉得压力倍增，想偷懒都不行。上完班，有的同事还要参加健身房开办的训练班，或是跳健身舞或是拉肌肉。我因为家离工作单位太远，下了班就要往家赶，就不能参加这些班了，只好自己在家做做仰卧起坐，举举哑铃了事。

第一个星期效果明显，我们每个人都减了5磅。星期五这天，正好公司举办海滩Party，我们趁机解放自己一天，大啖比萨饼和炸鸡。虽然公司为了照顾我们这些参赛者，特意准备了蔬菜沙拉，可是已经素了一星期的我们哪里还看得上？全都扑向香喷喷油腻腻的炸鸡啦！

第二个星期，我们乘胜追击，继续减重。老实说，这样的饮食结构对美国人来说不难执行，他们本来主食吃得就少，但是对于我这样以米面为主食的东方人来说就困难多了，第一个星期就非常难熬，我常在梦中梦见白花花的米饭，那时我就想哪怕让我吃酱油拌米饭也好啊，可是我必须克制自己的欲望。我希望减肥成功，我不想前功尽弃，看在奖金的份上我也要坚持啊！

经过三个月的魔鬼训练，我们所有参赛人都取得了不俗的成绩，最明显的是大家裤子都松啦！结束这一天，我们再次来到教练的办公室，重新测量拍照，站在磅称上，我清楚地看到自己减了15磅，对比参赛前的照片，我发现腰围变小了，小腹变平了，身上的肌肉也变结实了，我真的有了一个全新的自我。

比赛结果一公布，我却一个奖项也没得上。原来比赛共设了三个奖项，肌肉增加最多奖，脂肪减少最多奖，综合评分最高奖，我哪个都没靠上，只好望“奖”兴叹了。不过我还是很高兴，毕竟体重减了那么多，而且后来也没有回弹。教练那句话是对的：“把你自己的真实故事告诉你周围的同事朋友，减肥并不难，我能做到，你也一定能做到。”

业余天文爱好者

美国有不少业余的天文爱好者，他们都有很好的装备，还有不亚于专业人士的科学知识。这伙人有自己的组织，定期活动，交流观星的心得，还和地方的学校合作，为小朋友们做科普知识的介绍。

上个月，我们社区小学就接到通知，说这伙天文爱好者又将聚会。从晚上九点钟开始，一直到子夜，凡有兴趣的孩子都可以来参加。因为儿子也喜欢看星星，我们就决定带他一起去看看。

聚会是在一个公园里宽阔的操场上。这天正好是个大晴天，没有一丝云彩，也没有雾气，能见度非常好。在公园一角，摆了一排的“大炮筒”，那是专业的天文望远镜，足有一米多长，用架子支着，还连着计算机，看样子价值不菲。一问，果然是这样，就算最便宜的也要两千美元以上的，贵的五千都有。这可是昂贵的爱好。这些业余天文爱好者们年龄不等，有四五十岁的老光棍儿，因为一心爱星星，没时间谈恋爱，或者爱星星胜过自己的爱人，只好选择独身。还有十几岁的学生，别看年龄小，对星星知道得可不少，讲起来都是头头是道呢！还有一些人，为了暂时摆脱繁重的家庭负担，看看星星，轻松一下。老实说，对于天文知识近乎为零的我来说，能和这样的人交流，真是一件幸事。他们的爱好不是特别大众化，所以能一起沟通的人不多。像我们这样对星星一无所知的人来问他们，可算是问对了人，他们不厌其烦，耐心地给我们讲解。那些人还贴心地预备了小梯子，可以攀上去看望远镜。

我们来到排在最左边的一个人那里，他让我们看镜中的两颗星星。他指指天上说，你们看，那里只有一颗星，但是实际上是两颗星，因为距离太远，我们肉眼看上去，只有一颗星，只有在天文望远镜里才能看得到。另一个青少年，指着天上一颗飞快走过的星星说，那不是颗流星，而是卫星。本来是前苏联的一个公司发射的，前苏联解体后没人管它们了，就成了漫游太空的野卫星，目前太空里有好几颗这样的野卫星。一个中年人拉着我，非要看看他的望远镜，还问我，你看到里面一颗星偏红，一颗偏蓝，你告诉我，哪颗星温度高呢？我想都没想就说，红色的吧？他说，错了，是蓝色的，原因就是你看到煤气燃烧时，蓝色的火苗温度较高。哦，原来是这样，又长了许多学问。儿子攀上梯子，看到一个硕大的望远镜里有颗星星，还带着一圈光环，他兴奋地叫着："土星！土星"。望远镜的主人表扬儿子："认识不少星星啊！"他说他家里有五个孩子，每天都搞得他筋疲力尽，只有每个月出来看星星的那一天，他可以从家里逃出来，轻松一会儿，真让人同情。最右边的人搭了个小帐篷，里面放个计算机，外面连着望远镜。只见计算机屏幕上出现了一个个环形山。主人解释说，那是月亮表面。现在他正在呈现给大家一个月球表面的实时画面。一位父亲正指着天空，给孩子讲哪个是大熊星座，小熊星座。我抬头看看，那不是北斗七星么？像勺子一样的，怎么看都不像个熊呀！东西方人对星星的理解都如此不同。

夜渐渐深了，有一些人离去，还有一些人刚刚来。儿子扛不住了，吵着要回家睡觉。那些天文爱好者们还是乐此不疲地给新来的人做讲解。我问他们，会在这里待到几点，他们说起码也要夜里十二点的。那时候星空非常好看，值得待到那么晚。他们告诉了我他们的网站，还说可以去看看下次他们什么时候聚会。我道了谢，带着儿子离去。再次仰望天空，今晚的夜空异常美丽。

年轻的秘诀

那天，我去二手货商店Goodwill闲逛。走着走着，忽然看到几个造型别致的小盘子，很是喜欢，就想买下来。

当天正好有20%的打折，我去付款时，营业员却告诉我，这个打折只对六十岁以上的老人，我不能享用。这时，旁边一个看上去只有四十几岁的女士拿出驾照说："我替你买吧！"。我连声道谢，把钱还给她，心里却直纳闷。抬头看看，只见她一头乌黑的卷发，淡扫蛾眉，薄施脂粉，穿一件粉色衬衫，提着一个精巧的黑色挎包，美丽大方，时尚又年轻，她看上去怎么也不像六十岁的人啊！可是仔细看她的驾照，还真的已经过了六十了。

我禁不住脱口而出："你看上去很年轻，一点也不像六十岁的人。"她笑笑说："很多人都这样说。不过我妈妈显得更年轻，给你看看她的照片。"她说着打开皮夹，取出一张小照片，上面有个和她长得很像的女士，也是一身得体而时尚的服装，看上去神采奕奕。她说："我妈妈九十岁了，不像吧？"我连连点头："的确不像，看上去只有六十几岁。"

我忙问她，她们母女年轻的秘诀。她对我说："这绝对是真理，人要活得坦荡，不做亏心事，就会年轻。我和我妈妈都是遵守这个做人原则。"她说完就开车走了。

我站在那里，默默回味着她刚才说过的话。是啊，一个人活得坦荡，不做亏心事，就不用纠结很多事，烦恼就会少很多，心情愉快，自然会活得年轻。如果整天想着算计别人，或者野心勃勃地想得到什么，每天都操心太多，肯定会加速衰老。试想，一个处心积虑去害别人的人，即使真的成功了，恐怕也活得不安稳，还是要想着会被发现、会被戳穿、会被报复，整天惶惶不可终日，无论如何也无法活得轻松。

有时候，人活得简单充实，不用那么浮躁而急功近利，戒掉贪欲，可以活得很愉快、很轻松，也会显得很年轻啊！可是真正生活中，能做到的有几人？谁不是在为一些很无谓的事在苦恼着、烦心着，却忘了享受人生中正在经过的风景？如果我们都能像这位女士那样，活得坦坦荡荡，不为一己私利去害人，每天都睡得安安稳稳，不想年轻都难啊！年轻的秘诀其实很简单。

一个微笑

下了钢琴课，我带着儿子去汉堡王买东西吃。

一进门，就看见右边的一个桌子上坐着一个像患了唐氏综合症的孩子。他看起来比正常的孩子小了一号，两条腿无力地耷拉着，面容奇丑，五官错位，目光呆滞，毫无表情。儿子显然被这个孩子吓到了，他惊恐地瞪着眼睛，望着那孩子，紧紧抓住我。

我搂住儿子，安慰着他。这时候，我和那孩子母亲的目光相遇，那是个很美丽的母亲，才给孩子点了个儿童套餐，正在耐心地等。面对自己的残疾孩子，她一点也不觉得难为情，很坦然地给孩子擦汗，脸上自然真实里流露着母爱的慈祥。我忽然觉得，让她看到我儿子这样的表现很不好意思，于是，我给了她一个微笑，她看着我，也回了我一个微笑。那一刻尽显人与人之间的温情与善良。

回来的路上，儿子不停地说，那孩子好恐怖哦，他晚上会做噩梦的。他问我，这个世界上为什么会有这样的孩子？我对他说，那是天生的，没办法，上帝让他们生成了这个样子。这个世界上就是会有这样生病的孩子，他们看起来和其他孩子不一样，但是我们不能用异样的眼光去看他们，要让他们觉得自己和正常人一样，不要歧视他们。

我告诉他，你应该觉得自己是多么幸运，可以生得健康，没有得那些看起来很可怕的病。你要学会关心别人，看到他们需要帮助的时候，要尽自己所能地帮他们。也要学会珍惜自己的身体，要多出去跑跑跳跳，锻炼一下身体，不要再躲在房间里，看几小时的电视，打好长时间的电脑游戏，你总不想让自己生病，变成这个样子吧？儿子点点头。

我又说，当你再看到这样的孩子的时候，不要再觉得可怕，而是同情他们，给他们一个微笑。是的，当你碰到残疾人或是其他看上去不那么正常的病人的时候，不要用奇怪的眼光去看他们，而是要心存宽容与善良。

给他们一个微笑吧！有时候，一个微笑就能给人很多温暖。

被警察逮到之后

那天，我给儿子开完学期最后一个庆祝会，匆匆往邮局赶，想寄点东西给国内父母。不想，走到半路，突然有警察拦住了我。

那是个年轻的黑人警察。他笑眯眯地下了车，走到我的跟前。我坐在车里，吓得直哆嗦，心想，这次又犯什么错了？他说：”你犯了两个重大错误，一是有个停车指示牌，你没停车，以很快速度就开过去了。二是你在另一个Stop Sign没停稳就开走了。把你的驾照拿出来，给我看看你的保险单。”我开始胡乱翻起来，找遍了整个车里也没找到保险单。天啊，放到哪里去了。我急得满头大汗。我对警察说：“我家就在附近，我可不可以去家里取一下？”他说“不行。如果找不到，就罪加一等。”

我着急了，忙向他求情：“我真的不是故意不带保险单的，昨天先生还拿出来放在桌子上，要我放到车里去。我出来太匆忙，忘记了。车管局有我的保险记录，我绝对是有保险的，没有犯法。”那警察哪里听得进去？一直摇头说：“如果没有保险，我不但给你罚单，还要双倍重罚，因为你连最起码的规矩都不知道。”

这时候我已经急得没了主意，梨花带雨地哭着请求警察放过我没有保险单这条罪，因为我的确是交钱买保险了，只是单子没在车里。他说：“你再好好想想，好好找找，真的没带么？如果真的没带，我还是要记你的过，这是不能原谅的。”我绝望地摇摇头，真的没带啊！

警察最后说：“那没办法了，只好三罪并罚。”说着，他就去自己车里拿罚单去了。我坐在车里，除了掉眼泪，没别的办法。过了一会儿，他从自己的车里钻出来，态度友好地对我说："我想，今天是你的幸运日，我的罚单用光了。"他说着，拍拍那本已经没有页数的开罚单的夹子。"不过，"他又说，"下次开车可千万要仔细，不要再犯同样的错误了，回家之后，马上把保险单放车里，否则遇到今天的情况，可就是500元以上的大罚单啊！"我态度老实地频频点头，说下次一定记住，不会再做同样的事。警察看我认罪态度较好，放我一马，自己开着车走了。

我待在车里，整理了一下凌乱的情绪，还好，我的意识还清醒，赶紧先开车回家，把保险单放车里。虽然没被开罚单，但是我已经得到教训，这样的错误万万不敢犯第二次了。

欢庆迪瓦利节

每年9月的最后一个星期六，印度人都会庆祝他们的传统节日——屠妖节（Dewali），也称为（Festival of Lights）。它是印度人庆祝光明战胜黑暗、正义击败邪恶的节日，也标志着“印度新年”的到来。由于是印度新年，印度教徒相当隆重，家家户户都会在房屋周围点上蜡烛、油灯，迎接守护神和幸运女神，同时人们也会去寺庙祈福。

在印度人众多的硅谷，自然少不了社区的庆祝活动。9月27日，在库比蒂诺市的纪念公园举行了游园庆祝活动。我也带着孩子参加了。刚进公园，就看见树上已经缠上了印度风格的彩带，上面还挂了各色花灯。印度人，无论大人还是孩子都身着传统的印度服装来参加这一盛会。

公园里有很多摊位，多是公司推销自己的产品，有保险公司，保健品公司，还有学校补习班，各种才艺班。还有相当多的卖印度首饰、服装和工艺品的摊位。小孩子们则有充气城堡玩，还有骑小马和小动物公园可以玩。

中间有一个大舞台，一群印度人正在唱传统的节日歌曲，台下的印度人也跟着哼唱。连我们这些非印度人都给感染了，不禁驻足欣赏。

至于吃的就更丰富，印度传统美食应有尽有，比如印度咖喱角Samosa，印度煎饼Dosa，各种风味的印度炒饭，还有颇具印度特色的甜品，用牛奶蜂蜜和开心果做的甜点心，而芒果冰淇淋更是少不了的。身处族裔众多的硅谷，能够感受不同国家的文化，实在是一大幸事。

印度象神

我的印度同事乌潘的车里总是挂着一尊人身象头的神像，就像中国人总是把平安符挂在车里一样。我问他这个神代表什么？他说是象神，正好最近就是象神的生日了，这里面有一个很有趣的传说呢！

这个象神本来是人的样子，他叫“葛尼沙”。有一天，他的妈妈在洗澡，他负责在门外守护，不准任何人进来。他爸爸来找他妈妈，被他拦在门外，爸爸一气之下，砍掉了他的头。他妈妈看了很伤心，要他爸爸还给她儿子。于是他们用一只三个头的梭镖，插到任何经过他们门口的动物，只要砍下那动物的头，他们的儿子就能复活。正好第一个经过那里的动物是一头大象，所以复活后的葛尼沙就是象头人身了。他变成了人人尊敬的守护神。这个象神的坐骑是一只小老鼠，他喜欢甜味的东西。所以每当象神生日这天，要在神像前面供各色水果。依照印度风俗，这天还要吃很多甜品，但是不可以吃肉，要坚持若干天吃素，还要按时祭拜。有些地方，还用石膏塑造象神的雕像，塞上钱，放到水里祭祀。

我问乌潘，如今在国外，还过不过这个节日？他说还是过的，只不过在家乡，人们要庆祝十多天，在这里也就一两天了。他们会买甜品，在家里也要准备祭祀的物品。以前他们不弄那个石膏像，今年他父母来探亲，也会按照传统习俗，做个雕像放水里。看样子，虽然大家移民到了美国，对自己的传统风俗还是保留着。

五月五狂欢节

每年靠近五月五日的那个周末都是墨西哥人传统的狂欢节日Cinco De Mayo，它不是墨西哥的国庆节，而是庆祝在一八六二年五月五日，墨西哥民兵击退法国军队的胜利。

在号称“硅谷的首都”的圣荷西市，每年这个时候都会有狂欢游行，墨西哥人穿著传统的墨西哥服装在街上载歌载舞；也有威风凛凛的牛仔，骑着高头大马，挥舞着马鞭，帅气极了；更有人戴着面具，头上插着羽毛，身上穿著印地安服饰，表演古印地安祭祀活动。游行之后还有游园会，许多企业会赞助一些游戏，比如抽奖、钓鱼、投篮、套圈、轮盘转彩等活动，各个厂家也会免费派放一些产品样本。

今年恰巧赶上美国国会准备出台严苛的移民法案，引起广大移民，尤其是拉美裔的愤怒，抗议活动此起彼伏。在晚间的脱口秀节目中，主持人开玩笑说，看到这么多人上街游行，还以为五月五提前到来了呢！去年五月一日，更有百万移民参与“没有移民的一天”的活动，向美国显示移民的重要性。据说由于这个活动，美国一天就损失了十二亿。美国是一个移民的国家，制定移民法肯定是不智的举动。想想看，假如没有这些移民，谁去果园摘水果？谁去餐馆干那些又脏又累的活？这个国家享受惯了廉价移民的劳动，却不肯给他们半点好处，这是多么不公平！美国政府实在应当善待移民，促进族群融和，让所有的人一起来欢庆五月五，岂不是很好吗？

和老美一起吃中餐

春节的时候，公司里的中国同事决定一起出去吃个饭。几个老美听说了，也想加入进来。我对他们说："我们可不是去吃他们常吃的那些中国菜，没有甜酸鸡、古老肉、蒙古牛什么的。我们会点一些中国人爱吃，他们却没见过的稀罕物，行不行？"他们说愿意试试。

于是，我们这伙人便在一家海鲜中餐馆包了两桌，点了最高档的鲍翅合菜。先上的是五彩大拼盘，一个老美指着凉拌海蜇丝问："这是什么？""海蜇。""海蜇也能吃吗？"我说："当然啦，很好吃啊！"他们夹了一点尝了尝，直摇头说滑腻腻的，不喜欢这样的口感。接着，鱼翅鸡丝汤上来了。他们又问是什么汤？我说是鲨鱼的鱼鳍做的汤。一个老美惊叫道："那可是保护动物，听说有不法商贩为了赚钱，把鲨鱼的鱼鳍割了再把鲨鱼扔回海里，这样做是很残忍的。"我见势不好，忙利用学校里学的食品科学知识白话起来："这是仿的，是用氨基酸和淀粉经过特殊的工艺做成的，就跟粉丝差不多。"他们听了这番话才肯用勺子盛了尝尝，边喝还边称赞道："这粉丝汤不错，挺好喝的。"

一会儿，热菜登场了。一盘红烧海参上来，几个老美一齐问道："这又是什么？""我们叫'海里的人参'，你们叫'海里的黄瓜'"。他们都说从来没吃过这东西，夹一个来尝尝，似乎没什么特别的味道，谈不上好吃，也谈不上不好吃。他们说："不过以后可以向别的人吹嘘，我们吃过海参了。"蚝油鲍鱼端了上来，加州的鲍鱼属于保护动物，只准潜水爱好者自己有限度地捕捞，却不准在市场上卖。中餐馆里的鲍鱼大多是用墨西哥鲍鱼，或者是从中国进口的，但是这么复杂的解释，老美未必明白。我记着鱼翅的教训，没等老美们开口，就抢先说道："这鲍鱼是仿的，用磨菇、大豆组织蛋白，还有鱼肉，经过高温加压等一系列加工过程做成的。"听了我这番话，几个老美不再嘀咕，还边吃边说："这鲍鱼仿得真不错，跟真的一样。"清蒸活鱼一上来，又有人问："这鱼是刚才从鱼缸里捞出的那两条吗？""是啊。""还活着就这样蒸死啦？"我知道他们接下来又要提残忍了，赶紧堵住他们："你没看见厨房里有个大木锤，先把鱼砸昏，再清理内脏，上锅蒸的时候，鱼是没有知觉的，死得很人道。"这下几个人才放心地吃起来。

结帐时，一看账单，每人32美元，几个老美都叫了起来："这么贵啊？平时吃中餐只有4、5块钱！"我说："你们平时吃的都是美式中国快餐，真正的中国菜是像法国菜一样精致的，今天吃的才是真正的中国菜呢！

地震震出来的长跑比赛

上个星期天赶上热浪来袭，我们一家跑去旧金山海边避暑，看到一群穿着奇装异服的人三三两两在街头晃悠。咦，难道今天是什么节日吗？想来想去，忽然恍然大悟，呀，今天是Bay to Breakers长跑赛。

这个号称“世界上历史最悠久”的长跑比赛，全程12英里，每年五月的第三个星期天举行。长跑爱好者和爱看热闹的群众蜂拥旧金山街头，从海湾大桥下起跑，穿过旧金山著名的大坡小坡，冲向太平洋的浪头。说起来，它的来历还和地震有关呢！1906年，旧金山经历了一场大地震，几乎全部毁掉。为了让人们从地震的悲情中振作起来，于是有了6年之后的长跑比赛。此后每年举行一次，到今年已经是96届了。

开始人们还是中规中矩地跑，后来经历了六十年代的嬉皮士时代，正经跑步的和穿着搞怪服装Party的人一起出现在队伍里。现在这个长跑比赛俨然成了一场狂欢节，和著名的卡斯楚街万圣节大游行有的拼。扮成超人魔鬼都不稀奇了，最好笑的是一支三文鱼队伍，穿着薄纱做的鱼尾裙，从终点倒着跑向起点，中途还表演鱼交配的过程。其他还有把海绵须须插满全身，扮成水母的模样。男人全裸上阵，只用椰子壳罩上自己的宝贝。还有人表演奥运火炬在巴黎传递时，抢夺残疾人手里的火炬的情景。我看着很有点冷幽默。

一个出身悲苦的长跑比赛变成了一场搞笑的派对，旧金山人的乐观性格可见一斑。

免费的午餐不好吃

俗话说，“天下没有白吃的午餐”。

那天突然接到老公公司的一个同事打来的电话，说她的一位邻居有架旧钢琴，可以免费送人，问我们需要不需要？有这等好事？正好儿子到年龄了，该学钢琴了。我们正准备买，这不是天上掉下来的免费午餐么？我们忙不迭地问清楚情况。原来这是家白人家庭，有一架旧钢琴，很多年了，有一个琴键坏掉了，已经不值得修了。如果扔掉很麻烦，卖掉又卖不出什么好钱。他们想，不如送给有缘人算了。

我们电话打过去，想和老公同事约好时间去看看。谁知老公同事出去度假，我们只好等他们回来再说。好不容易等了两个星期，他们回来了，和送钢琴的家庭联系上。约好一星期之后去那人家里看钢琴。我们自己家中就开始商量怎么运钢琴了。我们一个个搬家公司问过去，人家问我们家有没有台阶，如果有台阶的话，价格要贵一大截。算下来，运一架旧钢琴要一二百元不等。再加上钢琴很旧，要调音，还要把坏的那个琴键修好，这加起来费用也不少啊！如果买一架还能弹的二手钢琴价格也没有那么高的。这么折腾值不值啊？

正好母亲外出散步时遇到一位华人花匠，他说他常雇墨西哥人搬家，价格很便宜，他说他可安排帮助我们搬琴，价格应该在一百二十元左右，不会太贵。但是他只有两名墨西哥人帮忙，还需要再找两名。怎么也要四个人才能搬得了的，如果还要上楼的话。父亲记得路过Home Depot那里的时候，看到门口总是站着很多等着工作的老墨。听说他们是十元一小时，不如去那里请几个人过来帮忙。老公一听就不乐意了。什么？找那里的老墨？你怎么知道是不是非法移民？如果请了他们，我们被警察抓了怎么办？别为省几个钱，把自己的前途也给毁了。我们外国人在美国讨生活不容易，还是要遵纪守法的。

最后我们决定，还是要亲自去看看钢琴的状况，然后再做决定。就这样，在约定的日子，我们一家子人来到主人家中。我问钢琴在哪里？主人一指，我在车库里看到一架破旧不堪的钢琴，不但漆都掉光了，琴键也残缺不全，脚踏板也看上去摇摇欲坠。我试着弹了几个音，没一个是准确的。看看钢琴的牌子，也不是什么名牌，听说都几十年历史了。我看了心就有点凉，不太想要了。问老公，他说不要钱的你还能指望好到哪里去？这样就很不错了，要就要，不要就不要，别犹犹豫豫的。看看运费，算算值不值。我们谢过主人，说我们要再考虑一下怎么运，请给我们一星期的时间。

由于老公坚决不肯请不知底细的老墨帮忙，我们算了一下预算，还是觉得有点不值得。想想花的钱，还不如再等等，买架好一点的钢琴。正想打电话告诉主人家。那人反而高兴地说，钢琴已经给出去了。原来他们见我们犹豫再三，就先在Craigslist上登出送钢琴的广告，马上就有一位女士来了，她兴奋地在钢琴上弹了一遍又一遍，直说喜欢这架钢琴，这架钢琴和她有缘。看她那么热情，主人被感动了，不好意思拒绝她，就让她领走了。

我顿时心中释然，这东西就要给有缘人，我们与之无缘，也就没有遗憾了。看来，免费的午餐也不是那么好吃的呢！

第三辑 硅谷情事

有人说，硅谷是爱情的沙漠。硅谷的高科技男女都枯燥乏味，不解风情。然而事实真的如此么？走进硅谷人的情感世界，阅读他们的内心故事，其精彩而传奇的程度不亚于任何一个地方。谁敢说硅谷是无爱的呢？

幸福在自己手中

好友静突然不约而至，并且告诉我一个天大的好消息，她又回到硅谷了。

说起来真是不可思议。我和静是大学里的死党，平时一起做功课，周末一起去跳舞，还一块儿出去旅游。就是出国留学没在一起，她大学还没毕业就先出去了。而我则读完大学，拿到本科学历才走。在国外，大家都忙着读书，谁也没有闲心互相联络。于是，我们就这样断了消息。只是没想到，她后来和先生一起来到硅谷。先生工作，她从生物转行到电脑，辛苦数年，念了电脑硕士，在著名搜索引擎公司雅虎做事。当时我也从美国南方一所学校毕业，在一家生物晶片公司做研究。那家公司就在雅虎隔壁。我们曾经共用一个停车场，可是我们彼此却从未碰面，也不知道对方都在硅谷。就这样过了几年，她先生在西雅图找到了新的工作，他们搬去那里，始终没有和我联系上。

一天，静突然打电话给我："原来你也在美国啊！你这家伙，来了这么久也不和我联络，要不是在校友网上找到你的电话，我还不知道呢！"我这才知道，我们错过了那么多！我赶紧道歉说，因为一直联络不到她，问了很多人也没有她的消息，所以才拖到今天，我一定要想办法弥补，尽快抽空和她见上一面。得知她在西雅图，我便找了个长周末飞过去看她。

见面之后，简短寒暄，她便向我讲起了这些年的经历：静之所以能那么快出国留学，是她那当教授的父亲手下的一个研究生——宇帮着联系的。出国之后，静和宇在同一所大学读书，互相照应着，日久生情，静决定和宇结婚。静满以为父亲会全力支持这门婚事，哪里知道父亲竟然激烈反对。他认为两个人都是穷学生，没有经济基础，怎么生活？静是那么聪明漂亮的一个女孩，应该找个当地华侨，或者已经有工作的人，起码要有些积蓄再结婚。静不听父亲的劝告，执意嫁给了宇，还和父亲闹翻了。

那时静的日子真的很苦，她只拿了本科文凭就出来工作了，薪水也不是很高，雪上加霜的是静还怀孕了，反应很大，每天以泪洗面。为此，他们不得不拿掉第一个孩子。就这样苦熬了几年，直到先生拿到博士学位，找到了工作，他们的生活才开始改善。静又辞掉工作，读了个计算机硕士，夫妻双双在计算机公司工作，拿着高薪，才在这里有名的富人区买了所大房子。

静责怪我：既然知道她在美国，为何不向她的家人问她的地址？我随便撒了个谎搪塞过去了。我没敢告诉她，刚出国的时候，我就找过她父亲，但是他不肯给我联络地址，想来还是在生静的气，毕竟当年他也是为静的幸福着想啊！不过，相信这些年，老爷子的观念也会有所改变吧？只是后来大家都忙，我也就把这事搁下了。

那天，我站在静家中宽阔的露台上，望着远处终年积雪的雷尼尔火山和波光粼粼的华盛顿湖，不禁感叹，假如当年静听从父亲，嫁个有钱人，也许不用吃那么多苦，提早好多年住上这样的豪宅，但是她会有现在幸福吗？我回头望去，在落日的余辉中，静和宇亲热地依偎在一起，我想答案已经有了。

我回去不久，静和宇就自己创办了公司，因为需要很多资讯，在那边，这方面的消息太少，他们还是决定搬回硅谷，可以和众多创业者有交流，能够得到最新最快的资讯。就这样，我和静终于又在一起了。我衷心希望他们的公司能够像硅谷许许多多的公司那样，最终挂牌上市。

抓住幸福

最近看了网上的一篇文章，讲作者的一位大哥，本来英俊潇洒，才华横溢，心比天高。不幸生活在文革的时代，出身不好，一直没有好的前途，虽和一位才貌双全的小姐相爱，女方却因为政治上的原因另嫁他人。这位大哥后来在家人的一再劝说之下，娶了一位相貌平平的护士做妻子。这是个心地善良的女人，虽然外表很丑，但是脾气很温和，言语不多，对小表妹小堂妹也很迁就随和。公公婆婆年纪大了，生病了，这位大嫂总是默默无语、端屎端尿、打针洗澡、擦脸梳头、喂水喂饭，做得兢兢业业，任劳任怨，而其他几个孩子反倒是做得很少。这许多年来，虽然大嫂一直同大哥的感情不好，但是，她却赢得了下面这些小弟弟、小妹妹们的心。然而，这位大哥就是死不开化，心里一直惦记着那位没有成为伴侣的美貌小姐，对大嫂一点爱也没有，即使后来有了孩子，年纪越来越大，两个人仍然不太说话。这位大嫂竭尽全力去赢得大哥的心，但是大哥却无动于衷。大哥终于在壮年之时，郁闷成疾，得了癌症。在晚期的时候，仍是这位做护士的大嫂精心护理，直到他走完人生最后一程。就这样，大哥带着郁郁不乐的心情走了，一生也没得到过幸福和快乐。

其实想想看，退一步海阔天空。这位大哥如果能放弃心中的执念，淡忘那位美女情人，接受现实，和眼前这位贤惠的大嫂好好过日子，他还是可以有一个幸福的人生的。可惜，有很多人就是不懂得抓住眼前的幸福，总是去纠结无法改变的过去。结果只能是既没有得到自己的幸福，又耽误了别人的幸福。

我不禁又想起我的一位朋友，在读研究生的时候和一位帅哥相恋。后来帅哥毕业后去外州工作，她千里迢迢赶到外州和男友相会，但是男友对她不冷不热，她很伤心。本来读书的时候，另一位其貌不扬的老实男生一直默默地喜欢她，只是因这男生不够英俊，她从未正眼看过他。然而，这一次伤心之旅之后，她才明白，这位一直等着她的男生才是真正爱她的人。她回来之后就和这位不帅的男生好了。后来这个男生在公司里做了高级主管，还被派到中国开拓市场。她也跟着海归，过着舒舒服服的海归太太日子。不用辛苦工作，每天有专车接送，有保姆做家务。她整日里只是和海归太太们一起美容健身，去各种餐馆品味美食，日子过得逍遥惬意。试想一下，如果她还是沉迷于那位帅哥男友，拒绝眼前这位深爱自己的男孩，她又怎么可能有后来幸福的人生呢?

其实一个人的幸福是可以靠自己来掌控的。能不能把握住自己的幸福完全靠智慧。有智慧的人可以抓住眼前的幸福，拥有快乐的人生，而没有智慧的人就只能错过幸福了。

多读者。

一年多前，一毛的一位朋友请大家去家里玩。一毛在聚会上认识了年龄相仿的他。当时两人都各自有男女朋友，只是萍水相逢，大家有共同的经历，很自然地拥有了很多共同语言。一毛谈到自己的写作，谈到了华夏文摘上的专辑，他就去看了。

又过了一阵子，两个人都和自己的男女朋友分手。他给一毛打电话问要不要一起去爬山。一毛欣然接受了邀请。玩完回来，一毛做了一桌子菜请他。再后来，他回请一毛。那天，一毛看见桌上摆着一碗手擀面，上面铺着一层香喷喷的炸酱，撒着碧绿的葱花，热气腾腾，香气扑鼻。他说："你不是一直想吃妈妈的手擀面吗？我特意给你做了手擀面。"一毛看着面，眼泪忍不住掉下来。从来没有人这么疼过她啊！这是第一次，一个男人给她做面吃。两个人的关系从此很快升温。

他们这才发现，两个人真是很有缘分。他们同年同日同在北京出生，只是月份不同。一毛是个天主教徒，不能婚前同居。于是，两个人的婚事便摆在了日程上。他们翻翻日历，正好8月7日宜嫁娶。那就这天结婚吧！就这样，才认识了几个月的他们决定今生在一起。那天，一毛像许多待嫁的女孩子一样，向未来的老公要玫瑰花和戒指。那一晚，他们走了许多路，终于在一家店里买到玫瑰花。男方单腿跪地，向女方求婚，完全像年轻人一样的浪漫。买戒指也很曲折。看了很多家都不满意。直到一天，一毛在购物中心里专卖金银首饰的小摊位上看到一个白金做的天主教玫瑰经念珠形式的戒指，一圈念珠配上十字架。她非常喜欢，就当场定购了这个作为结婚戒指，上面还刻上两个人的名字，中间有颗心，代表着相爱的两个人。婚礼很朴素，只请了双方的亲戚和几个好友。男方还请来前妻的父母。原来，离婚后，男方依然和前妻父母关系良好，因为自己父母不在身边，他们老两口愿意作为男方家长出席。由此可见男方人品有多好。

我们聊着，只听他在厨房里说："土豆丝拌好了，来尝尝吧！"我过去，用筷子夹起来放到嘴里，又酸又甜，清脆爽口，不禁夸赞："好吃，好吃！"原来今晚教会有团契，他们负责准备吃的东西。我们一起出了门，看到他们亲密依偎的背影越来越远，我心想，这次一毛是真的找到幸福了，我们这群朋友可以放心了。

一碗面的情缘

好友巫一毛结婚了，听了这个消息我们都很惊讶。尤其是听说她和男方只是认识了很短时间，因为一碗面就决定嫁了。到底是什么样的男人，怎样用一碗面打动了她，能够让她托付终身呢？我们都很好奇。

记得三年前，一毛出版了自传《暴风雨中一羽毛》，书中讲述了她文革中真实的遭遇。我有那本书，但是没看完，因为书里描写的内容实在太过残酷，惨得令我看不下去。很难想象，一毛是经历了怎样的心路历程才写完这本书的。好一段时间，她都沉浸在书中，不能自拔。我们都替她担心，这样下去，她能摆脱心理上的阴影，重新开始生活么？更何况，她之前有一段失败的婚姻，已经单身多年，期间也和数个男友交往，始终没有找到真爱。

为了挖出这段“一碗面的情缘”，我决定造访一毛。敲开一毛家的门，只听得“笃笃笃”一阵切菜的声音。厨房里站着个中年男子，戴着眼镜，一副忠厚老实的模样。他正在切土豆丝。他刀法纯熟，切出的土豆丝又细又长。见我来了，他笑着抬起头。一毛赶紧介绍：“这是我老公。”她脸上洋溢着新婚的幸福。

斟上一杯茶，摆上一盘零食，一毛开始讲述这“一碗面的情缘”。一毛曾经发表过一篇文章，叫做“妈妈的手擀面”，讲的是自己成长过程中，妈妈的手擀面怎样伴随着自己，度过人生一个又一个难关。文章的最后，她写道，“如今自己已步入中年，算起来已经二十多年没吃到妈妈的手擀面了，什么时候才能再次尝到妈妈的手擀面呢？”这篇文章感动了很

女博士的婚事

我的老同学洋洋人长得不漂亮，又矮又胖，一门心思读书，读到了博士。眼看着周围的人都陆续结婚，她成了嫁不出去的困难户。本来女孩不够漂亮就没有男生追，再加上读了博士，就更是难上加难。人家都说，女博士是男人和女人之外的第三种人。女人学历越高，越不好找对象。要是长得再抱歉些，那几乎就没人要了。她父母和我们这一干朋友都为她发愁。其实她人很善良，也很幽默，脾气又好，虽然五官不那么吸引人，但是圆圆胖胖的脸还是很可爱的。可惜，没有多少男人懂得欣赏她。这个世界上，喜欢女孩心灵美的男生太少了。

可是谁能想到，她开始工作以后，很快就结了婚。我好生纳闷，就让她详细给我讲讲缘由。她说，那时，她一个人在一家著名药物公司上班。她工作很刻苦，做起实验来不知道时间，结果总是很晚才回家，自然也就没时间做饭。

她一直在公司附近的一家中餐馆叫外卖。有一天，餐馆来了个新的厨子，叫小金，是北京人，生得高大英俊，年龄还比洋洋小5岁。他性格活泼，爱说爱笑，特别外向。这天，餐馆都快打烊了，洋洋才来叫外卖。她刚坐下等菜，小金正好从厨房出来，准备下班了，看到还有客人，就主动搭讪洋洋。他一听说洋洋也是北京人可高兴了，老乡见老乡，格外亲切。他自告奋勇地给洋洋做了菜单上没有的家乡菜。这以后，每次洋洋来叫外买，小金都给她做地道的北京美食。今天是炒饼，明天是茴香饺子，后天是炒疙瘩、炸酱面、豆腐脑、京东肉饼……吃得洋洋开心极了。一问对方也是单身，反正都没什么事做，小金休息的时候，他们两个人就约好一起逛公园，参观博物馆。一来二去的，两人就产生了感情。

洋洋的父母都是大学教授，一听说堂堂的女博士找个餐馆的厨子，这也太门不当，户不对了吧！他们是坚决反对这门婚事。洋洋开始很沮丧，她考虑了很久，最后还是坚持自己的主张。她觉得她好不容易找到一个自己喜欢的，对方也喜欢自己，她已经年纪不小了，不能再错过机会了。她就不顾父母的反对，和小金结了婚。

婚后，小金从餐馆辞职，在家当起了家庭妇男。他把家收拾得干干净净的，每天换着花样给洋洋做好吃的东西。小金本来就是厨师学校毕业的，无论红案白案都精通。两个人在一起这么久，小金做的菜都不带重样的。洋洋觉得这样的生活很幸福。

外面很多人都觉得他们不会长久，可是婚姻像鞋子，合不合脚只有自己知道。最近联系洋洋，她说才生了个儿子。小金就在家带孩子，保姆费都省下了。他们也买了新房子。我问她，你不觉得这个男人在吃软饭么？她说，我心甘情愿养着他。的确，谁说幸福的婚姻就非得是门当户对呢？

女主外男主内

我们隔壁公司有一个美国女老板，叫特娜，名牌大学的分子生物学博士，现在是这家欧洲有名的制药公司的资深科学家，顶着实验室主任的头衔，手下领导着大大小小的一批科研人员。她平时经常去参加各种学术会议，在很多顶尖学术杂志上也发表过论文，是个不折不扣的事业型女强人。

特娜的老公是她的青梅竹马，只有高中学历，是个合同制的电工。他平时到处接点散活儿，给别人解决电路故障等问题，收入不高，也不稳定。最近他又得了睾丸癌，不能干太重的活儿，本来收入就不多，这下子更少了。他们家里的开销主要得靠特娜的薪水来支撑。后来经济不好，老公也失业了，就天天待在家里做家庭妇男，每日打扫房间，收拾屋子，为老婆张罗一日三餐。因为老公有这个病，他们生不了孩子，就养了几只狗。老公把全部的心思都花在照看这几只狗身上了。他照顾狗狗可算是尽心尽力，伺候狗狗吃饭、洗澡、剪指甲，还负责带狗狗出去散步兜风，陪狗狗玩。

特娜觉得老公总是在家里闲着也不是办法，正好老公喜欢宠物，不如就在家开个宠物托儿所。因为那些硅谷上班的人不愿把自己的宠物整天关在家里，如果送到宠物托儿所，可以有人定时给狗狗们喂食，陪它们玩，带它们出去运动，对狗狗们的身心健康大有好出。这个主意还真不赖，宠物托儿所一开张就来生意了。经济好的时候，他们狗托儿所的生意非常红火，特娜还得趁工作的空余时间替老公做账，管理财务。尽管如此，两个人还是忙不过来，非得到外面请人帮忙才能应付。但是网络泡沫化之后，经济萧条，他们的生意也一落千丈，入不敷出。开这样一个狗托儿所开销成本可不低，每日房租、水电、保险等都不便宜，还要精心为狗狗调制营养丰富的食物，还要给狗狗准备玩具。万一狗狗生病了，还要请昂贵的兽医给狗狗看病。因为人家把狗狗放到你这里，你就得担起责任来，出了什么事都要处理。这样才能让狗狗的主人们安心上班。为了打平每日开销，她只好帮助老公四处摆摊，卖些与宠物相关的物品，如狗顶圈、玩具、钥匙链等，这样才勉强收支平衡。

后来经济好转，生意又多了起来，她又不得不四处寻找大一些的房子搬家，让更多的狗狗有地方住。好不容易找到一处，各方面都让他们满意，正准备租下来，却遇到了麻烦。原来，周围的邻居们怕狗吵到他们，不准租。她又得找人测狗叫的噪音指数，证明不会吵到大家。她本以为一切都安排妥当了，可没想到，邻居们还是把他们告上了法庭。她不得不花大钱，请律师应对官司。

这个门不当户不对的老公给她添了这么多麻烦，她有没有后悔嫁给他？很多人都问过她这个问题。她的回答永远是：“我从来没后悔过，因为我爱他。”

恋人角

从硅谷的17号公路向南开，就会转入加州最美的1号公路，沿着蜿蜒曲折的海岸线，可以一直开到风景如画的十七哩湾。这是一条独立于海岸线主干道的支线，本是私人道路，但因风景实在太美，经州政府协调之后，开放供游客参观。宛若人间仙境的十七哩湾，有优美的林木，绝美的峭壁，诡谲的海蚀奇景，华丽的度假豪宅，还有丰富的野生动物，可以观赏到可爱的海豹、海狗、海狮等徜徉其间。这里著名的圆石滩高尔夫球场是美国PGA高球比赛的场地，也是老虎伍兹成名的地方。这里还曾多次票选为全美乃至全世界最浪漫的地方。

恋人角是十七哩湾非常著名的一个风景点。站在这里，前面是一望无际的蒙特利海湾。天气好的时候，海水是宝石一般湛蓝，岸边怪石嶙峋，涨潮的时候，海浪拍打着礁石，溅起朵朵雪白的浪花。背后是一片葱郁的松林，海浪、松涛汇成一支和谐的大自然交响乐。面对如此美景，怎能不让人流连往返？难怪许多恋人都喜欢选择这里作为举办婚礼的地方。

几年以前，有一对新婚夫妇在此举办婚礼。当新郎新娘站在海边的巨石上拍摄婚纱照时，一个巨浪袭来，卷走了这对夫妇。虽然后来海岸巡逻队努力搜索，还是一无所获。人们都替他们惋惜，好日子还没开始过就在新婚当天被海浪夺去了生命，实在太过不幸了。可是我却不这么想。想想看，他们在热恋的高潮中结婚，带着火热的恋情和甜蜜的新婚，没有经历婚后柴米油盐的争吵，处理亲戚邻里关系的烦恼，在全世界最浪漫的地方一起升入天堂，永不分离，还有比这更完美的婚姻吗？

情人节的礼物

每逢情人节，都是情侣们互赠礼物的时候，商店里到处是卖心形包装的巧克力，玫瑰花的价格也涨了许多。

老公是那种很实际的人，虽说谈恋爱时浪漫过几回，但是真要他把钱花在华而不实的东西上，他是不干的。他不会记得每一个值得纪念的日子，所以在特殊纪念日里，我也不能有所期盼。不过，他心情好时会突然买些你正好需要的东西，来给你一个意外的惊喜。

去年情人节这天，老公非要在家工作，我没觉得有什么不一样。晚上回家，却发现桌子上有一枝玫瑰和一个崭新的手机。原来，我旧的手机不工作了，正准备换一个新的。他在网上看到了这款手机，可以手写和输出中文消息，除了可以拍照片和录像，还有蓝牙、上网等多种功能，网上的价值400美元。自从老公网上订了手机之后，怕邮递到家没人接，就干脆在家办公，等着邮差把包裹送过来，正好赶上情人节这天收到。老公让我拿着手机，他打电话给我。手机的铃声响起，原来是一首非常流行的网路歌曲“老婆老婆，我爱你！”

此时，我心里感动极了。其实又何必非要赶在某个节日送礼呢，只要是我需要的，他什么时候送我礼物，我都是开心的。如果每个重要的纪念日都要送礼，那么他累我也累。倒不如像现在这样，在我需要的时候，无论是不是某个特定的日子，他就会送给我，没有了期盼，每一次的惊喜都是真的，都令人久久回味。

永不放弃

同事玛丽安的丈夫得了一种怪病——运动神经元萎缩症。这个病至今在医学上还很没有得到很好的研究，致病的原因不明，也没有有效的治疗方式。而症状却非常可怕，一个健康的人可以在很短的时间里就肌肉萎缩，丧失正常的运动功能，不能走路，做任何动作，到最后连呼吸肌都会衰竭。尽管越来越多的人投入到这个病的研究中来，但是人类对这个病的认知还是非常有限。

两年前，玛丽安突然发现原本健康强壮的丈夫突然变得虚弱起来，动不动就喊累，四肢也变得无力。他们去医院检查，得知他得了一种罕见的疾病，现在没有办法治疗，只能回家修养。这对玛丽安简直是晴天霹雳。他们两人那么恩爱，一起摆弄自家的花园，一起出国旅游，一起驾船航海……如今这一切都不可能了，眼见着丈夫一天比一天衰弱，玛丽安束手无策。她想不出更好的办法，只有积极应对。她帮助丈夫锻炼肌肉，请朋友们到家里来给丈夫鼓舞士气，尽量多花时间陪丈夫同疾病抗争。他们还成立了一个基金会，组织慈善活动，让更多的科学家关注这个病，早日研究出病因和治疗方法。本来医生说她丈夫只能活半年，但是在大家的努力之下竟然撑过了一年。

然而两个月前，她丈夫还是不幸过世了。我们都很担心她，那天看到她来上班，我不禁问了一句："Are you OK?"没想到，她坚强地说："是的，我还能怎样，日子总还是要过下去的。"她说她会继续把基金会办好。我觉得她没有输掉，因为至今她都没有放弃过。

探亲风波

丽丽在对面公司工作，每天和我乘同一班火车上班。最近一些日子，她总是唉声叹气的，一问，她便倒起了苦水。

原来她公公婆婆来美国探亲了，住在家里给他们增添了无穷烦恼，也惹得他们两口子经常吵架。他们原想着老人来了，至少能帮忙照顾一下家，但是没想到两位老人想的是辛苦了大半辈子，总算熬出了头，该享清福了，不但什么忙都不帮，还整天挑三拣四的。她每天上班很远，要坐一个小时的火车，早上天不亮就出门，晚上顶着星星回家。回到家之后，还要做饭，以前做两个人的也还好办，现在是做四个人的，花时间长不说，口味还不一样。丽丽是个四川人，喜欢吃麻辣的菜，但公公婆婆是福建人，喜欢吃清淡的。而且老两口觉得过去辛苦节俭都是为儿女，现在该是回报的时候了。他们给自己买贵重的食物，每天少不了鱼，光是水果，就要买八种，一星期购买食物的钱就要四百块，可是买这么多东西根本吃不完，最后水果都烂掉了，只好扔了。小两口都是留学生出身，现在又都是工薪阶层，虽说薪水还可以，也没多到可以浪费的地步。何况他们还要供车子，房子，养孩子，经济上还真不宽裕。两口子为这些事可没少吵架。

丽丽说要不是为了孩子，离婚的心都有了。这样的事在硅谷非常普遍，本来挺好的两口子，就是因为双方家长来探亲，闹到快要离婚的地步。

步步错

朋友讲，她公司的一个同事整天唉声叹气的，她觉得很奇怪，就问清原委。同事说，一个人在美国很没意思。原来，她老公跟着海归大潮回了国，和朋友创办了一个电脑公司。她儿子在美国大学毕业之后，也回国到父亲的公司帮忙。她因为有一份不错的工作，舍不得丢掉，就留在了美国。

开始老公的公司很红火，可惜好景不长，后来公司运营情况不好，倒闭了。可是她老公不甘心，还要东山再起。但是谈何容易啊！他整天也不找工作，就是一门心思要再开一家新的公司。就这样碌碌无为了好几年，还是没能实现。儿子从前在公司就是应酬，并没有做多少实在的事情。公司倒了之后，他的经验再找工作时用不上，几年没有用专业知识，已经忘得差不多了。想回美国来，美国要的经验他没有，他的经验也没法在美国找工作。他也是混了几年，什么都没找到。即使在中国，生活费不如美国高，但是坐吃山空也不行。前几年挣的钱都花光了，后面生活都没着落了。这位同事只好把辛苦挣的钱给他们寄过去花。

她慨叹，实在不是每个人都适合海归的。像她这样孤独地过日子就很没意思。当初老公在公司有一个很不错的工作，她的工作也不差。老公有野心，想干一番事业，不想庸庸碌碌活一辈子。这个她理解，所以支持老公回国了。儿子大学刚毕业，如果能在美国公司攒些经验，起码回美国之后，找工作也不应该很难。现在这样就什么都无可挽回了。她说走错一步就会步步错。

爱就要说出口

我的一个朋友，总是在自己的博客上写她和她老公甜蜜的生活。她经常写她老公又送了她什么礼物，又为她做了哪些事，惹得我们一票好朋友羡妒不已，都感叹这么好的老公怎么自己没碰上呢？

这几天我搬家，收拾东西的时候才发现，原来老公也送过我不少礼物啊！上次我在公司值班，老公一个人回国。回来之后，他送了化妆品、首饰等许多礼物。有一些我到现在都没机会戴，一直放箱子里。我坐火车上班那阵子，接了不少专栏，平时工作很忙，家里孩子还小，事情很多，根本挤不出时间写东西。他为了让我能在火车上写文章，给我买了个掌中宝，还装好了中文手写软件。加州不让开车打手机之后，他又送我蓝牙，让我可以在开车时讲电话……我当时挺开心，也挺感动，可是大概因为两个人在一起太久了，连“谢谢”都懒得说了。现在想想，不是朋友的运气好，其实是我们没有像她一样，把这些点点滴滴的小事都记下来，并且明白地告诉老公，谢谢他所作的一切。是啊，心中有爱就要讲出来。不讲出来，他怎么知道你很高兴？他怎么知道你在乎他？如果什么都不说，那他怎么还会有热情继续为你做同样的事情？

由此，我联想到，其实不止是夫妻之间，还有朋友之间，亲戚之间，老师，同事，老板，甚至你喜爱的影星……可以是任何人，只要你爱他们就要讲出来，不讲，他们又如何知道他们在你心目中的位置呢？无论你爱谁，爱就要说出口，千万不要藏着掖着。

选 择

到after school去接孩子，忽然有人和我打招呼。我抬眼一看，天哪，是我从前去过的一个剧社的朋友，我们已经很久没见过面了。她问我：“最近你是不是拍了个保险的广告？”“啊？”，我听了哈哈大笑，“那不可能是我，我已经很久没去剧社了。”我问她：“你还去剧社吗？”“没有。”她摇摇头，“自打有了孩子，我就退出江湖啦！”说完，我们都笑了。

记忆又把我带到了多年以前。那时我还是单身，业余时间参加了一个华人剧社。她戏剧学院毕业后嫁到美国当太太，为我们剧社当导演。我们还真的拍了几出大戏，还在湾区卖票演出。当时还有不少人来看我们演出呢。演出之后，我们都跟明星似的，还经常被人认出来。记得有一次，我去超市买菜，那个收银员老大妈居然对我说：“我认得你，你就是演坏女孩的那个。”去参加朋友的Party，也常常会有人提起看过我的戏。那种感觉真的很甜蜜。

后来我结婚了，然后有了孩子。无论我多么热爱演戏，我都毅然决然地退出了剧社，专心在家相夫教子。那几乎是所有女人都会做出的选择。女人永远会把家庭排在第一位，无论她事业上多么成功，当事业和家庭冲突的时候，大多数女人会选择家庭。而当自己的业余爱好和家庭冲突时，几乎百分之百的女人都会义无反顾地选择家庭，这就是女人的选择。我的朋友经常感叹：“我们女人太伟大了，我们会为家庭牺牲所有。”

那人却在灯火阑珊处

我有个老同学，人长得漂亮，功课又好，家境也不错，父母都是名牌大学的教授，自然找对象时就挑剔几分。她大学毕业之后去香港读研究生，后来又移民到了加拿大，最后在美国找了一份很好的工作。事业身份全有了，就是个人问题还没解决。挑来挑去，身边的男人都看着不顺眼，配不上自己，眼看着就过了35岁，就快成困难户了。谁想到，这时她遇到了中学同学，人家哈佛医学院刚毕业，刚刚开了自己的诊所，也是单身一人。二人在异国他乡相遇，干柴烈火，很快就热恋起来，没有多久就结婚了。结婚才一年，就买了房子，也有了孩子，真是美国梦样样都实现了。

我的另一个朋友，爱上一个帅哥，毕业之后跟随男友来到德州。哪想男友竟然甩了她，伤心之余，她回到原来读书的地方，发现还有个男生一直暗恋她。虽然这个男生其貌不扬，但是人忠厚老实，还是法学院毕业。她就接受了他。后来她的老公成为大公司的律师，她日子过得悠哉悠哉。

其实有的时候，很多事不必太急。就拿婚姻来说，很多女孩过了30岁，还孤身一人，自己就有点抓狂，再加上父母和亲戚朋友的压力，恨不能随便抓一个过来就结婚。其实耐心一些，还是能找到那个一直等你的人。而且，那个人说不定就离你不远。“众里寻它千百度，蓦然回首，那人却在灯火阑珊处。”

紫玫瑰

她网名叫“紫玫瑰兰兰”，我的网名叫“红玫瑰”，她热情似火，我冷静如冰，我们的网名和性格刚好相反，但是这并不能影响我们的友情。

第一次看到兰兰是在硅谷话剧社里。业余爱好话剧的我常去那里活动。硅谷本来男多女少，女科学家、工程师们又大多不修边幅，让人觉得硅谷无美女。兰兰的出现像是耀眼的一颗星星，皮肤白皙，凹凸有致，一袭洋装，把一屋子的T恤牛仔就给比下去了。等一试戏才知道，原来人家正经八百当过演员和模特，怪不得气质相貌如此出众。

一起排戏，我们的接触越来越多，年龄相仿，也让我们彼此有了更多的共同话题。知道她曾经在感情路上甚为坎坷，不过还是不放弃追求真正的爱情。某一日，大家都把自己的家属带过来参加话剧社的聚会。我第一次看到兰兰的老公，其貌不扬的硅谷工程师，据说是电脑博士，在知名大企业工作，股票很多，有房有车。虽说这老公看上去单纯老实，但是和文艺气质浓厚的兰兰在一起，总是觉得不那么般配。

我们的演出很成功，在庆功宴席上，许多幕后的工作人员也和大家见了面。其中一位看上去五官端正，温文儒雅。据介绍，他是我们这个戏的美工，是个才华横溢的画家。兰兰指着他问我：“你觉得他怎样？”。我回答：“不错呀，人长得帅，也有才华，看上去人品也不错。”兰兰点点头：“我也这么觉得。”过一会儿，我看到他们两个人在一起开始聊天了。过了一阵子，剧社传出惊人的消息：兰兰要和工程师老公离婚，她和画家相爱了。很多人都觉得兰兰是在开玩笑，不是认真的。工程师的经济状况可比画家强太多了。再说，兰兰这样一个大美女，走到哪里都招蜂引蝶的，会和画家来真的么？

不久，我接到兰兰的电话，她邀请我参加她的婚礼。看来她是认真的。她说和工程师老公离婚很简单，除了自己的车，她什么也没要。画家的人缘很好，以前教过的一位学生的家长，自愿把自己的豪宅让出来给他办婚礼。兰兰的婚礼在万圣节这天，连登记处的职员都打扮成女巫的样子向他们祝福。他们的照片还上了当地的报纸。这样颠覆传统的做法，只有兰兰干得出。婚礼上，兰兰一身洁白的婚纱，纯洁美丽，仿佛初婚般幸福。而宴客时，她又一身青花旗袍，婉约优雅。院子里怒放的玫瑰似乎也在为他们祝福。我从心底为兰兰高兴，我相信艺术是相通的，这个画家一定比工程师更懂得她，他们会有更多的共同语言，况且这个人老实顾家，是个好丈夫。

婚礼之后，我在家里也办了个派对，请兰兰夫妇过来玩。我要求每个人带一个菜。兰兰带来了烤鸡翅。很难想像，这个自称在家里“酱油瓶倒了都不扶”的人，会洗尽铅华，走进厨房做汤羹。她的手艺还不够成熟，鸡翅太咸，也没有加其他香料，最后剩下很多。派对结束时，她失望地盖好盖子说，没关系，她会努力提高水平，希望下次做得好吃一些。

后来很久我都没见到她。大家都在传，他们一定长不了。因为兰兰实在太讨人喜欢，走到哪里，就会成为众人瞩目的中心。外面的诱惑这样多，她如何能够抵御得了呢？忽然有一天，我心血来潮给她打了个电话。几年不见，她还是快人快语，她告诉我她有孩子了。她不但没像大家想像得那样红杏出墙，反而为这个男人生了孩子。这一次，我相信她是真的找到幸福了。一个女人愿意为一个男人生孩子，就说明她要和这个男人长久。真的人不可貌相。许多见过兰兰的人都说她水性杨花，跟男人打情骂俏，关系不清不楚。然而，我最了解她。她不过是喜欢和大家开玩笑而已，感情的事，她可拎得清。这是我最佩服她的地方。虽然在感情上屡遭挫折，但是她从未放弃过追求幸福的权利。她就是这样百折不挠，执着坚定，终于找到了属于自己的那份幸福。

我还在等着她的改良版鸡翅，我相信，她一定会像追求爱情那样，努力地提高厨艺，希望不久的将来也能吃到她亲手做的美味。

俄罗斯奶茶

她自称叫奶茶，虽没有沉鱼落雁之貌，胖乎乎的脸上却总是带着开心的笑容。人是因为可爱才美，在她身上应验了。

大四那年，燕子在网上闲逛，为了练英文，她到了一个有很多外国人的聊天室。等了一会儿，没人理她，正要走的时候，突然来了一个叫帕文的男孩。他们就用英文聊了起来，没想到两个人还很投机，越聊越有兴致。她这才知道，对方是俄罗斯人，在美国一所名牌大学读电脑博士。随着相互了解，两个人的心越走越近，他们相爱了。为了见到燕子，帕文放暑假时特意飞到中国见燕子，还为了燕子刻苦学习中文。不愧是名牌大学的博士，帕文的中文进步很快，流利的程度让周围的中国人都吃惊。见面之后，燕子的天真活泼和宽容大度都深深吸引着帕文。可是到了燕子母亲那里，却遇到了阻力。做妈妈的哪有不为女儿担心的？网上认识的人能可靠么？不管对方多么优秀，认识时间这么短，哪里就能谈婚论嫁了？燕子平时顺从，关键时刻可很执着，她认定帕文是个好男孩，值得托付一生。她全力劝说母亲接受帕文。在旅馆住了几天，帕文终于有机会见到燕子的父母。他的忠厚老实和聪明好学打动了燕子的父母。他们最终还是松了口，同意了两个人的婚事。

结婚没多久，帕文就毕业了，他在美国一家著名网络公司找到了工作。刚拿到工作签证，他就把燕子从中国办过来了。来了美国之后，燕子在家准备双语教师的资格考试，还和帕文一起爱上了瑜伽，两个人每星期都要请朋友来家里集体练瑜伽。燕子也喜爱写作，业余时间常在海外报纸上发表一些文章。就是因为共同的爱好，我们结识了，也见到了她那个俄罗斯老公。

那天，我们几个要好的朋友办Party。因为他们的朋友来自全世界各地，美国、法国、日本、中国、印度、泰国、菲律宾、俄罗斯、乌克兰等，每个人都带来他们国家最具特色的美食，有俄罗斯鱼子酱、越南春卷、中国红烧肉、菲律宾虾沙拉、泰国咖喱、印度烩饭、日本寿司、法国熏鱼饼等，摆了满满一大桌子还放不下，还要在厨房台子上挤出一点空间放多出的菜。即使每样都尝一点，没多久就饱了。那一次，我终于见到了燕子的老公，高大英俊而又才华过人。他像个温和的谦谦君子，细心地照顾着宾客们。我不禁对燕子说，你这个网缘不错啊！有才有貌，有品有金，简直什么都不缺了，脾气又好，看来网恋也有修成正果的。燕子说，两个来自不同国度的人，往往在第三个国家更容易协调。无论生活在自己的国家，或是对方的国家，我们都面临着去适应对方文化的问题。只有在第三个国家，我们既要保持自己的传统，也要适应当地的文化，也就是说，两个人要适应的是同一种文化，这就让两个人的生活目标一致，调整起来也一致得多。

许多异国联姻，经常因为吃不到一起而破局。帕文婚后学着吃中国菜，到后来，他简直爱上中国菜了，哪怕连着几天吃中餐也甘之如饴。燕子也学会了做俄罗斯菜，还学着去找俄国店买东西，认识俄国的各种食物。我出于对其他国家美食的好奇，也让燕子拉着我去逛俄国超市。在她的指点下，我认识了俄罗斯人爱吃的香肠，喜欢上了他们的甜品，还学会识别各种俄式面包，也找到了他们最爱的格瓦斯饮料。

我要燕子教我一款俄罗斯菜的做法，她答应了。那天我如约来到燕子家，只见她已经切好鸡块、洋葱、蘑菇和胡萝卜，见到我来了，她就往锅里下米，然后加水和盐，又拿出几个小瓶子，倒出几粒八角、桂皮、丁香、香叶，放入锅中，把所有的菜都放进去，盖上盖子就开始焖饭。她说这叫“Pilaf”，是俄罗斯烩饭，简单易做又好吃。没多久，香喷喷的烩饭就做好了。我们一人盛了一盘饭，狼吞虎咽地吃了起来。她直说，不要吃太撑了，等会还要喝俄罗斯茶呢！

吃完饭，燕子就拿出精美的俄罗斯茶具，精巧细致的瓷碗镶着金边。她问我要喝什么茶，并且向我推荐了黑加仑子果茶，说酸甜可口，果香浓郁，味道好得不得了。我就答应试试。她又切了几段俄罗斯的甜品Oshakan，用葡萄汁和枣泥混合淀粉做成的像大号果丹皮一样的东西，里面加了核桃。我们就这样，喝着俄罗斯风味的茶，吃着俄式甜品。看着燕子满足而安逸的笑容，我想，这就叫“幸福”吧？

戏中的爸爸

舞台上，“快乐男生”的比赛正在如火如荼地举行。她也是评委之一，头戴一朵大红花，不停说着出位的言词。我却想起了一个和她相关的人——她的某一任前男友，曾经和我同台，在戏中扮演我的爸爸。

那年我刚研究生毕业，在等待实习工卡的期间，看到报纸上的广告：一家华人影视公司招拍MTV的演员，是付给现金，我心动了，就去应聘。试镜之后，摄影师问我：“你会说广东话吗？”我说不会，“那会听吗？”“也不会。”“哎呀，那就困难了，我们导演只会讲广东话，你不会就难办了。”我知道选不上了，就失望地离开。在走廊里，忽然摄影师的助理在背后叫住我。“既然你喜欢表演，我就介绍你去一家华人剧社做业余演员吧！那里是讲普通话的。”她自我介绍说，她在国内是话剧演员，电视台的节目主持人，到了美国，没法干老本行了，但还想从事与原来职业相近的工作，就做了这个工作。业余时间给一家华人话剧社当导演，他们那里很缺演员，希望我能参加。

就这样，我来到话剧社。第一次活动的时候，没有租场地，只是借用一个社员的家。那是我第一次见到我戏中的爸爸。记得那天，导演向我们介绍了东主，一个外貌憨厚老实的电脑工程师老彭。别小看他，他可是著名的苹果电脑公司的资深工程师，据说苹果电脑的某一代打印机就是他设计的。他一个人带着女儿住在硅谷最好的学区的一幢大房子里。听说他离过婚。太太很漂亮，也很精明，是做古董生意的，嫌他野心不够就分手了。老彭表面上看是个老实巴交的学者，骨子里可挺有情趣的。那天招待我们的点心都是他亲手做的。他家种了一棵柿子树，一棵李子树，还有一棵苹果树。他就把柿子做成柿饼，李子和苹果做成果酱。那天，他还熬了一锅鲜果银耳羹给大家喝。导演直说，这么温柔体贴又擅长家务的好男人怎么还单身呢？

剧本确定下来以后，导演就分派了角色。这是个反映在美华人真实生活的故事，讲一群从大陆台湾来的中国人移民到美国后，在中西两种文化的碰撞中，遇到的种种矛盾和问题。我要演一个完全西化的女儿，和传统思想的父亲整天吵架。用导演的话说，那就是个类似《北京人在纽约》里王启明女儿的角色。

老实说，在家我可是个乖孩子，要演这么疯的角色，还真是很有挑战性。排练的时候，我就和老彭一起反复练习。老彭是个办事很认真的人，演戏就像搞科研。可是戏要演好，光认真是不够的，还要有灵气。导演认为我和“爸爸”的戏就缺少灵气。那怎么办？那天我和“爸爸”对台词，忽然觉得毛病在台词上，原来剧本每段台词都很长，像我们这样的业余演员演起来就很吃力。念台词时忘了表演，顾上表演又记不住台词了。能不能把大段台词分成小段，中间再加些戏？我把想法告诉了“爸爸”，他欣然同意了。于是我把自己改过的本子，又加上自己写的一些段子，拿给导演看。导演让我和“爸爸”演演看。我们一试戏，果然效果不错。导演就同意用我的本子。打那以后，我和“爸爸”的配合越来越默契，我们的戏经常出彩，让其他演员们都很羡慕。我和“爸爸”的关系也不像刚认识时那么生疏了。我们成了无话不谈的朋友。

演出那天，大家都卯足了劲演，非常成功。演出之后的庆功宴上，我很自然地坐到了“爸爸”的身边。导演看见了，悄悄把我叫到一边，问：“你觉得他怎么样？”“啊？我从来没考虑这件事呀！”“他反正是单身，人也不错。”“嗯，这个……”我不知道该怎么回答。是的，毫无疑问，他会是个好丈夫。可是我喜欢青春型的，不是他这种成熟型的。我不想生硬地拒绝导演的好意，可是我又不能把心里真实的想法说出来。

过了一段时间，剧社里的人又去“爸爸”家里聚会。我意外地看到了一个年轻女孩的照片。我问他这是谁？他说是他的女朋友。我仔细一看，这不是那个著名的走出女儿国的摩梭女吗？顿时我觉得如释重负。我终于知道怎么回答导演了。

许多年以后，我曾经在摩梭女出的书里见到她和苹果电脑公司总裁的合影，我想，那一定是“爸爸”牵的线吧？说真的，当时我很为他们的前途担忧。我知道“爸爸”是想要一个稳定的家，而我不确定摩梭女是不是也这么想。我不知道“爸爸”是不是适合她。听说后来他们还是分手了，我听说后倒不是很惊讶。不过，“爸爸”最后从大陆娶了个年轻貌美的模特回来。我想他最终是得到幸福了吧？像他这么好的人应该有个好的结局。

我眼中的宝钗前夫

古典文学巨著《红楼梦》要重拍了。随着一波波的演员海选热潮，央视87年版的《红楼梦》中的演员追踪也成了热门话题，特别是最近扮演林黛玉的陈晓旭抛弃亿万家产出家为尼，更是成为各大媒体的头条新闻。此刻，我却想起了剧中另一个重要人物薛宝钗的扮演者。曾经在网上流传过有关她的一个热帖《宝钗二十多年行踪未明》。据说作者是她的前夫，我看到了非常吃惊，因为我认识这位前夫，也有过一些交往。

那还是我刚来旧金山湾区没多久，参加了一个业余话剧社。有一次排练时，导演把一位帅哥介绍给大家，说他是报社记者，是来报道排练演出情况的。剧社里的女孩子们都很喜欢叫他李帅哥。大家只知道他是单身，只有少数人知道他离过婚，而他的前妻就是在《红楼梦》里扮演宝钗的。

李帅哥不但人长得帅，也极有才华。当时美国各大华文媒体写政论的人手都是老侨，49年后就再没来过大陆，自然写起来带着很多偏见。而李帅哥对时事言观公正的评价，得到了很多读者，特别是大陆背景的读者的欢迎。李帅哥所在的报社原本对象是讲广东话的读者。李帅哥向报社老总极力主张应该争取讲国语的读者，开始老总不以为然，直到有一次在以讲国语为主的硅谷举办活动。老总怕人来得少会冷场，就嘱咐报社工作人员尽量多拉些自己的亲朋好友来会场为活动捧场。没想到那天去会场一看，人山人海的，哪里还需要动员大家热场子呀，自愿来的人就已经挤爆棚了。从那以后，报社老总终于意识到国语市场的广大和李帅哥的远见卓识。他积极开拓国语市场，并重用李帅哥。从此，这家报纸头版，常常可以看到李帅哥的社论。而李帅哥对一些重大历史事件和人物的回顾系列文章，也是相当地吸引人。报纸的销售量节节增长，李帅哥也成了海外华文媒体一颗冉冉升起的明星。他还在电台当嘉宾，参加叩应节目，回答听众的问题，也多次参加当时北美唯一的华人电视访谈节目《话越地平线》。他的知名度越来越高，几乎北美的中国人都读到过他的文章，也都熟悉他的笔名。

不过，李帅哥和话剧社的友谊并没有因为他地位的改变而变得淡薄。每每话剧社需要人宣传了，叫他来他一定来，而且还参加我们的娱乐活动。他讲话非常幽默。有一次，大家都在议论一个长相很丑的人做出的坏事，他插了一句："看来卡西摩多也有心灵不美的时候。"他的嗓子富于磁性，有一次大家玩卡拉OK，他的一曲《东方之珠》不知迷倒了多少人。记得那次，我们演出了一部反映海外华人生活的话剧。当时有人不顾事实，写文章诋毁大家的演出。我看了以后很生气，就连夜写了篇反驳的稿子，可是该投到哪里却犯愁了。忽然就想起了李帅哥，打通他的电话，把这事跟他讲了，他很热情地答应下来。他让我把文章传真给编辑部。等收到后，他还特意给我打电话，说已经交给总编了。我听了真是感动极了，他居然把这事这么放在心上啊！

后来剧社又排了一出抗日话剧，整个排练过程中，李帅哥却一直没出现。直到演出那天，我才在后台见到他。一问才知，他被报社调到了美东，担任全球新闻总监。因为还要上场表演，我只匆匆和他讲了几句话。这一别就是几年，再见面时，他已经结婚了，又回到了旧金山。新婚太太是个商人，极其漂亮而又富有。不久他们便有了个儿子。当海归大潮开始时，他和太太也回到了中国寻求发展。这之后，我们便没有再联系。

现在忽然看到了这样的文章，开始很是不解，作为前夫，这样来写前妻，显然很不厚道。幸好一干朋友中，有人和李帅哥联系上了。他说那只是他以前写的一部小说，别人看到了，改编了一下，以他的口气，当成事实发表了。现在他已经功成名就，不愿再炒作此事了。我终于明白了，怪不得看着许多很像事实，却又非常夸张。既出自他手，必定引用了他自己的一些亲身经历，然而小说毕竟是艺术的再创造，情节势必有些再加工。

至于其中，多少是真实的，多少是艺术的加工，恐怕只有当事人自己最清楚了。然而不管怎样，对于热爱《红楼梦》的影迷来说，对宝钗只有深深的祝福。

第四辑 芸芸众生

硅谷是个丰富多彩的世界，不仅仅有工程师、科学家、企业家、会计师、投资商等，还有社会各行各业的人，比如餐馆的服务员，公司的清洁工等，也有诗人、作家、艺术家……他们点缀着硅谷的生活，让这片谷地生机勃勃，春意盎然。

功夫钢琴

陈毓襄似乎就是为钢琴而生的。很少见到有人如此刻苦练琴，除了钢琴本身的精湛技艺，她还把少林功夫、大雁气功等武林绝技运用在练琴上，真可谓音乐世界的“钢琴女侠”。

5岁那年，陈毓襄看到幼儿园老师的手指在琴键上滑动，她开始对钢琴感兴趣。下课之后，当别的小朋友都回家了，她还要求留下来，跟老师玩一会儿钢琴。老师主动找到陈毓襄的父母：“你们一定要让这孩子学琴，她对钢琴有特殊的兴趣。”就这样，陈毓襄开始了漫漫学琴之路。她自称每次都是在最合适的时刻，遇到最合适的老师。最初跟的老师很擅长钢琴的基础教育，这让陈毓襄从小打下坚实的基础，也为以后的腾飞做好了准备。而后，她随父母移民美国洛杉矶。16岁考上茱莉亚音乐学院之后，又遇到了钢琴大师殷承宗。殷承宗给她的是俄式教学法，严格的技巧和苦练。陈毓襄说她不怕吃苦。她一直很羡慕少林寺的和尚们那种刻苦的练功方法。那决不是普通人可以做到的。那时，她每天练很多个小时的琴，从来不用父母盯着。别的孩子在玩耍派对，她都不为所动。她牺牲了很多娱乐的时间，就是为了把琴练好。她曾对我说，小孩子若有兴趣，自然会主动练琴。要父母逼着的，多半可能是小孩子本人根本不喜欢弹琴，也就不要浪费功夫了。

19岁那年，陈毓襄又被送到俄国接受正统的钢琴训练，并且参加了柴可夫斯基钢琴比赛。当时全世界有120个18到23岁的选手参加比赛。他们一天要练10个小时的琴。比赛时，一个人要在台上连续弹2个小时，没有休息。很多女选手都因体力不支而被淘汰。那是一场残酷的比赛，一天就有40个人被淘汰。那年，日本一个团包括记者包了一架飞机去比赛，结果一场比赛下来，没剩下几个人。最后，只有12个人进入了决赛，陈毓襄是唯一的一个亚洲选手。虽然最后得了第5名，但是这已经很不容易了。

1993年，陈毓襄为参加首届波哥雷里奇国际钢琴大赛做准备。波哥雷里奇（Ivo Pogorelich）是20世纪的钢琴怪才，获得多次国际知名钢琴比赛大奖，性格孤僻古怪，妻子比他大20岁，就是他的老师，这段婚姻在世界乐坛引起不小的震动。以他名字所设立的这个比赛没有最高年龄限制，却有最低年龄限制，不得小于23岁。当时陈毓襄刚好符合条件，是最年轻的一位参赛选手。首奖奖金10万美元，至今都是全球钢琴比赛奖金最高的。经过四轮激烈的竞争，最后8位拥有3项国际大型音乐比赛奖项的顶尖选手进入最后的决赛。陈毓襄以卓越的琴艺击败那些年龄几乎是她两倍的选手们，获得了首奖。一鸣惊人，成为世界乐坛的知名钢琴家。

比赛结束两个星期之后，波哥雷里奇把陈毓襄接到自己家中，让自己的太太亲自教授她弹琴。陈毓襄以为自己已经技术娴熟，不用再学什么了。没想到竟然是一切从头开始。他们早上7点钟开始练琴，一气弹上10个小时不休息，连中午饭都不吃。到下午5点时，他们才小憩一会儿，吃个晚饭。到晚上8、9点钟时，又开始练琴。陈毓襄练到夜里一点钟，可是先生和夫人却练到凌晨3点。到第二天，又是早上7点开始练琴了。每天都是如此。最初只练一个手指，只弹一个音。手指的高度、角度、重量、力度都有严格的规定，一个音就弹上几百遍，一个动作要练上几万遍。几个手指的位置要在一条线上，距离也要相等，他们甚至帮她量手指的距离，看看是不是符合要求。练到最后，她的五个手指就感觉像一个手指，弹和弦时，抬起的距离、高度、力度都一样，动起来也一致。

此外，她还学会了运用身体各部分的肌肉运动，帮助弹琴。演奏不同的音乐，用到身体肌肉的部位也不同。哪个音，是哪块肌肉控制都要熟悉。比如弹高音，若是金戈铁马般的声音，要用臀部肌肉带动腰，进而传达到手臂，再到手指。若是洪钟一般的声音，运用肩部肌肉带动手臂即可。弹奏轻柔的音符，又是像揉面粉那样推，而珍珠般轻细的声音，却是只需用手指小心地捏。如此苦练，陈毓襄全身已经没有一块赘肉，她戏称“不用上健身房了”，因为光是练琴就已经把全身肌肉都练出来了。就连小手指都练出了肌肉，小手指和无名指之间已经撑开，连照X光片，都和普通人不一样了。她已经练到不需要看琴键，只要站在钢琴前面，闭上眼，眼前就出现了琴键。即使不用坐着，她也能弹琴。达到最高境界的时候，练到手指都无感觉了，一个大跳，一个和弦，即使不看琴键，也能凭感觉准确弹出。最妙的是，她能够在琴键上弹出没有重量的音符。手指在琴键上轻轻滑过，无论是勾，是抓，还是踢，手指都不会感觉到，音乐的声音却还在。练到这样的境界就算是出神入化了吧？可是陈毓襄觉得还不满足，她认为一定还有其他的功夫，她还没有碰到，或许那些功夫可以借鉴过来，用在练琴中。她学少林功夫和大雁气功，也是运用其中的功夫和意境，以便把琴弹得更好。

弹琴需要消耗很多体力，每次陈毓襄练琴都练得全身出汗。那么，她过人的力量哪里来？她认为是来自吃素。早在那次大赛的前6个月，陈毓襄便开始吃素。笃信佛教的她有一颗慈悲的心。功名成就之后，她没有热衷于各种商业演出，而是把得到的奖金10万美元全部捐给了佛教慈善事业。她说自己还年轻，本身对生活的要求也不高，不需要那么多钱。她参加的一些演出赚来的钱也够花了，这些钱是额外的，应该用于慈善事业。她认为，人生要做有意义的事。若非如此，音乐家就失去了一直演奏下去的动力。她希望用音乐和大家结缘，沟通，打动观众的心。只有用心和灵性演奏出来的音乐才是最动人的。最好的音乐是可以提升人的心灵。而当今社会，喜欢古典音乐的年轻人越来越少。似乎现代社会的人，日常生活已经不需要心灵的交流，只要有一台计算机，就可以满足生活。而全部，大家上网，玩游戏，打手机，谁还需要去音乐厅听一场古典音乐会呢？即使钢琴家们也不死守着古典音乐了。很多人都尝试用钢琴演奏流行音乐。流行音乐本身曲调简单易弹，不需要下很多功夫，这类通俗的音乐似乎更能吸引大众。严肃的古典音乐还有多少知音，这真是让人忧虑的问题。

现在陈毓襄除了少数的商业演出之外，大部分时间都在做慈善演出，为的就是让高雅的音乐能走进大众的心里，让所有的人都能有机会欣赏到高水平的钢琴演奏。为北加州癌症基金会做慈善演出，陈毓襄不但分文未取，连从台湾飞到美国的飞机票都是自掏腰包。当时有人还有疑问，钢琴独奏会，观众能坚持下来吗？钢琴独奏该有多枯燥，不要大家都睡着了呀！结果，癌症协会的负责人在演出到一半时候突然说："我要纸巾，你的演奏太感人了，我都流泪了。"

经常走南闯北，陈毓襄的故事也多多。曾经有一次为马祖的佛堂做演出。用的是为2000千禧年制作的意大利葛洛蒂安·史坦威红色钢琴，价值上百万元，全部手工制作，翻开盖子，是一副维也纳的市井图，美丽绝伦。这部钢琴是11尺长，比普通的9尺钢琴要大一些，琴弦也要长些，弹的时候需要用力多些，音量也比较大。此钢琴一出厂，便被一个台湾商人买到，并邀请陈毓襄为厂家做巡回演出。演出时，陈毓襄身穿红色礼服，演奏红色钢琴，连琴凳都是红色的。整个演出吸引了不少观众，后来演出结束后，人们还久久不肯离去，一定要靠近看看，亲眼目睹一下这架稀世钢琴。由于这架钢琴超大，普通飞机无法托运，只好由船来运。本来计划陈毓襄和钢琴一起乘船走，后来又改变计划，陈毓襄坐飞机走。后来遇到台风，陈毓襄只好在厦门的鼓浪屿等船。本来说船10分钟就到，结果等了10个小时才来，她当时还要赶回台湾，再飞欧洲演出。就这样在风雨交加中等到了船，她形容当时谁也不排队了，都抢着跑上船，她就这样和大家一起拖着两个行李箱，去抢船位。

很难想象，和郎朗、李云迪等华人钢琴家齐名的陈毓襄是如此低调，没有大师的派头。尽管她出席了马英九的就职典礼，并作为唯一的钢琴家当场演奏了《蓝色的多瑙河》和《卡门》等曲目；尽管她是北京为迎接奥运会邀请的唯一台湾钢琴家，在国家大剧院演出，她依然是平民作风。来旧金山湾区举办一年一度的新年音乐会，她就这样自己一个人飞过来，没有大队的助手随行。她也没有住在豪华的宾馆里，而是住在佛教朋友家中。当我们采访完之后，一起来到餐馆吃饭，她只点了一客素菜炒面，和一杯白水。她外出旅行，没有奢华的物品，却一定带上全套的法华经。对于物质生活，她的要求不高，对于慈善事业，她却毫不吝惜时间和精力。

这次的新年音乐会是陈毓襄每年一次献给本地朋友的一个珍贵礼物。由于为别人演出时，都要听别人来安排曲目，为自己的音乐会可以自己选择喜欢的曲目。陈毓襄此次除了给大家献上两支高难度的曲目之外，还给自己的学生一次演出的机会。她面试了几个孩子，从中挑出四个小朋友，弹得比较好，并有一定的表演经验，来和自己一起演出，还选了一个美国小朋友作为鼓手。她说，她自己20岁的时候，才有舞台表演经验，她希望早点给这些孩子创造机会，让他们小小年纪就有她未曾有过的登台机会。那次演出我有幸亲临现场。我觉得很幸运，很多大师的表演即使花钱也不一定能买得到票，而且可能票价超贵，一般人也不一定能负担得起。现在就在我们湾区，可以免费听到这样高水平的音乐会，这是多么难得啊！我不由得敬佩陈毓襄的善心之举。

事业有成，感情空白。陈毓襄不仅是才女，也是美女。可是她把时间都用在练琴上，没有时间去谈恋爱。“你就没有觉得有需要和别人分享感情的时候吗？”我问。她说，有时候一场演奏会结束之后，一个人回到旅馆里，关上房门，从很激动的情绪中平复时，的确觉得想有个人在身边陪一陪。但是这种感觉很快就过去了。她说自己和别人对享受生活的标准不一样。在她眼里，很多人都是在浪费生命。她对练琴的投入不是一般人可以理解的，也不是一般人可以承受的。她为了练琴可以忍受孤独和寂寞，也愿意放弃很多享乐，练一辈子，一直练到老。她还在寻找那些可以让她的琴艺达到更高境界的功夫呢！

戏梦人生

知道沈悦这个名字已经很久了。之所以对她感兴趣，不仅仅因为她是知名剧作家，是把星巴克咖啡引进中国的著名投资人徐大麟的太太，还因为她是个乳腺癌患者，在自己和癌症战斗的过程中，还积极从事慈善事业，分享自己的抗癌经验。当然，还有一个很私人的理由，我们都是学生物化学出身，却都热爱着戏剧。因此，当听说《品》杂志要采访沈悦女士时，我便自告奋勇地揽下了这个差事。

当汽车缓缓开进沈悦位于Athurton的家的时候，两扇铁门徐徐打开，我们仿佛穿越时空隧道，置身于19世纪的庄园，来到小说《简爱》的场景。走过宽阔的草坪花园，前面是座美轮美奂的华屋。后面是大片修剪整齐的草地和参天的大树。推开门，出来一位穿着红色镶着蕾丝边羊毛衫的女士，她看上去年轻而有活力，好像只有四十刚出头的样子。因为以前已经多次看过沈悦女士的照片，虽然我一眼就认出了眼前这位活力四射的女士就是沈悦本人。但是我还是感到惊讶无比，她怎么看也不像六十几岁，生过癌症的人啊!

进了门，走廊里摆着一盆盆怒放的兰花。我不禁惊喜地叫到：“好漂亮的兰花，你是怎么养得这样好？”她笑笑，幽默地说：“都是假的，当然好养。”我们都哈哈大笑，而我们的谈话也就从笑声中开始了。

沈悦出身世家，父亲是台湾前“驻美大使”沈剑虹。自幼喜爱美术和文学的沈悦在考大学时准备报考新闻或者建筑专业，可是这两个专业，台大都没有，母亲舍不得女儿远行，也认为学数理化比较有前途。沈悦就在父母期望之下考上了台大化学系，之后又留学美国，在加州理工学院拿了生化硕士学位，然后在斯坦福大学的医学中心的实验室里做了一段时间的研究工作。生了三个孩子之后，沈悦觉得整天在实验室里杀老鼠也不是自己最喜欢做的事，老公的事业还不错，不如在这个时候歇下来，专心教育孩子。就这样，她做了很长一段时间的家庭主妇，直到把孩子们都送进了大学。那时，沈悦的老公事业有成，家庭幸福，似乎一切都很美满了。谁想到厄运从天而降，1996年，一向乐观幽默的沈悦被查出罹患二期乳腺癌。人生整个都变了。原本计划已久的旅行要取消，答应好要去的婚礼只好礼到人不到，好不容易鼓起勇气要去上的课又不能去了。接下来的路该怎样走？

我问："你当时就没有想过这个问题吗？为什么会是我？"她的回答让我意外："为什么不是我？" 她有很多生物上的知识，恐惧感比别人少，也有正面迎敌的勇气。资料里说八十岁的美国人，每八个里就有一个患乳癌的。这和你是不是性格乐观毫无关系。每个人都有生癌的可能，人免不了都有一死，快乐地活着也会死，但是不开心地活着更不划算。沈悦认为："人不如面对现实，把身体交给医生，把生命交给老天爷，自己在剩余的日子里快活地活，好好地活，有品质地活。生命的长度不在我们手里，但是它的宽度我们是可以掌控的。"

在积极配合医生治疗的同时，沈悦也开始为自己的未来筹划，要做那些从前想做又一直没做的事。文学底子一直不错的沈悦，以前就给大专校友的晚会写过幽默短剧，演出效果非常好。她嫌写小说太多描写，不如写剧本那么有趣，就试着写了几个本子。没想到竟然一发不可收拾。第一部戏《谁是赢家》由旧金山湾区久负盛名的华艺话剧社演出，受到观众的热烈欢迎。当年笔者也是剧社一员，可惜退出较早，未能参加此剧的演出，甚是遗憾。之后的几部戏，《窗外的孩子》得了陈香梅优良剧本征选奖。而《今生有约》、《西施与夫差》、《恋爱一箩筐》，《阴错阳差》和《换个老婆太麻烦》、《高跟鞋》等剧除了在湾区首演之外，又在美国其他州和城市演出。其中四出还被上海职业剧团采用。历史传奇剧《西施与夫差》更被改编成淮剧，于2001年在上海国际艺术节中参展。2006年她的喜剧作品《换个老婆太麻烦》在上海大剧院演出。到今年年底，将会在上海演30场她的戏，而整个亚洲约演100场。她的剧本充满了对生活的思考，对现实的审视，对梦想的追求，并且构思奇特，富有传奇色彩，连专业人士，如北京电影学院表演系的教授林洪桐都表示赞赏。这也是因为沈悦生病之后，对人生有了新的认识吧！当然，除了这些戏，沈悦也为癌症协会写了很多公益短剧，把自己的抗癌的经验和知识，用戏剧的方式与大家分享。

其实，做公益事业，沈悦很早就开始了。32年前，硅谷的第一个中文学校就是她创办的。得了病之后，沈悦也和许多人一样，经受了化疗的痛苦。她发现癌症病友之间太需要互相帮助了。她担任了美国防癌协会北加州华人分会会长，做义工帮助癌症病人获得相关知识和资讯，鼓励他们积极生活，乐观抗癌。

她说，当一个人刚知道自己得了癌症时，都会很沮丧，或者很悲观，整天愁眉苦脸，饭也吃不下。如果这样下去，不但无法抗癌，连最基本的生活都没法过了。还有的人，整天指使家人，干着干那，弄得全家都疲于奔命，这样的生活也不快乐。每个人的体质不一样，得癌之后采取的措施也不一样。如果已经年老体衰，不如就安宁度过，不要再尝试化疗的痛苦。如果身体还行，当然要和癌症抗争。

依她个人的经验，第一，癌症要想控制住，早期发现和治疗是很重要的。女人定期检查乳房，照X光片是非常必要的。如今医学发达了，乳癌病人的存活率很高，也有一些不错的药可以治。只是我们东方女性比较害羞，不大愿意检查这些项目，有时就会没有及时发现而耽误了治疗。并不是因为亚洲女性乳房小，饮食清淡，得乳癌的机会就比西方人少。所以，凡是女性，都应该爱惜自己的身体，定期做相关的检查，才能防患于未然。

第二，得了癌症之后，也不要什么都不敢吃。她说她饮食不忌口，想吃什么吃什么。但是对量的控制很严。有人认为不吃东西可以饿死癌细胞，这种观点是错误的。不吃东西，好的细胞也会饿死，那还用什么来抗癌呢？总体说来，饮食均衡最好，最好做到不偏食，比例合适，尽量多吃新鲜的水果蔬菜。当然也没必要非得当个素食者，因为肉类里面也有很多营养呢！不要急速改变饮食习惯，因为身体会受不了的。她的原则是：知道对身体好的，不必每天都吃，知道对身体不好的，偶尔吃吃也无妨。连她爱吃的鸡皮鸭皮，尽管不怎么有营养，她也照吃不误。她认为油是饮食中最重要的元素。我们要尽量吃不饱和脂肪酸，而远离饱和脂肪酸和反式脂肪酸。她通常用橄榄油做凉拌菜，而用Carnola油来炒菜。

第三，过有品质的生活。有人认为反正已经这样了，就什么都凑合了。沈悦说，千万不要这样。得病的人最怕别人把自己当成病人。那就对自己好一些，比如买一顶漂亮自然的假发，戴上去，让人看不出你是因为化疗而没了头发。把自己的事安排好，比如，列个心愿单子，看看你还有什么心愿未了，一个个去实现。要思考自己生命里最重要的是什么，怎样做才能没有白过这一生。“不知生焉知死”，如果能把自己的后事安排好，以平常心看待病及死亡，随时可以走而了无遗憾的心情来过日子，那就是有品质的生活了。还有就是要体恤家人。通常一人得病，全家都要来关心，这样家人的正常生活也给打乱了。她们义工会安排某一个周末，去陪陪癌症患者，让他们的家人可以有一天放轻松，做自己想做的事。她们也每年组织一次癌友的一日游活动。在山清水秀的大自然间放松心情。癌友们非常喜欢这个活动，每年大家相聚的时候都激动地说：“我们又活过了一年。”这种活动对癌症病人的鼓励是无法估量的。

第四，要让周围人知道你的病情，让大家和你配合治疗。通常癌症病人化疗后，身体很虚弱，免疫力低下，很容易受到感染。而朋友们出于关心，会经常来看望病人。这样一来，不但病人得不到很好的休息，而且容易把外面的病菌带给病人，让病人的病情恶化。她有一次刚化疗完，老公从中国回来，正患着感冒，小儿子硬是不让父亲进门，让他住在外面的旅馆里。因此，当沈悦的癌症复发，再次需要化疗时，她的儿子帮助她在Pizza House办了一个大Party，请来她所有的亲朋好友。在Party上，她感谢朋友们的支持，同时把自己的病情向大家做了汇报，告诉大家接下来要进行的治疗，希望大家不要再来找她，让她能安心进行下面的化疗。如此一来，她即可按医生的嘱咐，顺利化疗，也避免治疗后朋友来探望的打扰。这个经验真的值得许多人借鉴。

因为发现及时，又积极治疗，沈悦现在恢复得跟正常人一样。就在今年7月，她和一群年轻人参加了American Leadership Forum的登山活动，用了六天时间，只靠脚下的Nike球鞋，竟然登上了海拔八千尺的塞拉山。在山顶，每个人都要做一个solo，即在帐篷外睡一晚，和大自然亲密地接触，然后取附近一样东西，谈谈自己的感受。沈悦只睡到半夜，就觉得寒冷刺骨，便回到了帐篷里。第二天，大家谈感受时，她说我做了两个，一个西方的，一个东方的。她解释东方哲学认为“大隐隐于市”。当你的心在沉思的时候，你不必拘泥于形式，在帐篷里也好，在外面也好，你都能感悟到许多深刻哲理。她举起一枚松果说：“你们看，松果有老的有青的，我的身体虽然老了，但是我的内心还是年轻的。”短短几句话，让其他年轻人佩服不已。没有在鬼门关走过一遭的人，是不会对生命有如此深刻的体验的。

我轻啜着沈悦亲手烧的咖啡，品尝着她端上来的芒果蛋糕，听着屋子里的环绕音响中放出轻柔的吉它音乐声，心想，这是个多么精致的而又活得多么有品质的女人！她是“掐不死的蚂蚁”，她把下一次化疗当成“轮到我吹口哨”，她是轰动国际的第一线防癌义工，她也是用戏剧艺术浇灌了无数心灵的天使。她在人生的舞台上尽情挥洒着，在戏里实现梦想，在梦里寻找戏的灵感，这就是沈悦的戏梦人生。

七彩玉米片

因为工作的关系，我们公司的雇员每年要为北加州器官捐赠协会做四次义工。在做义工过程中，我遇到了很多病患，他们乐观向上，完全不像个病人。对于我这样的黄皮肤亚洲人当义工，他们也给予热情的支持。因为懂中文的义工很少，他们特别需要我这样的人。我的任务就是向大家派发器官捐赠相关知识的小册子，向人们解释器官捐赠的重要性。这个活又累又得罪人，我干得很辛苦，也很累心。但是我的其他外国同事们都精力充沛，热火朝天地干着。梅根就是其中的一位。

那还是在义工训练营里，我认识了喜欢吃七彩玉米片（Seven Layer Nacho）的梅根。她是个靓丽的女孩，穿着一条色彩鲜艳的连衣裙，披肩长发，化着浓妆。看她充满朝气的样子，你绝对看不出她是个肾移植患者。

几年前，梅根曾经患有严重的肾衰竭，病得快要死掉。后来她得到了肾源，做了肾移植手术，获得了新生。在做完手术之后，她对生命有了新的认识，决心认真过好每一天，让有限的生命活得绚丽多彩。她要把毕生都献给器官捐赠事业，让更多的人了解器官捐赠的意义。于是她每天都把自己打扮得漂漂亮亮的，以充沛的精力和热情做好每一天的工作。

她负责协调医院和肾源提供单位的合作关系。这可不是一个轻松的工作，不但要一天工作12个小时以上，还要经常忍受双方的指责。有时，一个地方发生了车祸，医院马上就一个电话打过来，问器官何时送过来，梅根得和医院解释，人还在抢救，不到最后关头，不会捐出器官。也有的时候，虽然死者生前同意捐出器官，但是亲属不忍，也有出于宗教上的原因，不愿捐赠器官，梅根要费尽口舌，劝说他们救人要紧。对于梅根来说，被误会，被责骂早已成了家常便饭，她也炼就了一个金刚不坏之身，任凭双方态度多么恶劣，她总是用她那柔美的声音化解矛盾。

梅根最喜欢的是墨西哥玉米片蘸七彩酱。所谓“七彩”，是用七种原料做成的蘸酱。有黑色的黑豆泥、白色的酸奶油、绿色的酪梨果泥、橘色的柴达起司、黄色的眉豆泥、棕色的牛肉酱、红色的番茄酱，一层层铺好，即为“七彩酱”。用墨西哥炸玉米片蘸着吃。

我问她为什么喜欢吃七彩玉米片，她说它简单而多彩，却又不失美味。我想，那不正是梅根真实生活的写照吗？

爱国不分国籍

最近影星巩俐加入新加坡籍在国内引起了轩然大波，众人纷纷指责她不爱国。如果改换国籍就是不爱国了，那这种想法也未免太狭隘了。

想当初，国父孙中山筹划辛亥革命的时候，得到多少华侨的支持啊！你能说，那些人就不爱国了吗？远的不说，今年年初，当奥运火炬在境外传递时，遇到多少麻烦。如果没有爱国的华侨和留学生挺身而出，保护火炬，那火炬不知会传到哪里去，中国不知会丢多大脸呢！接下来的汶川地震，海外华人捐款捐物，还有不少人当了义工，亲临抗震救灾第一线，与同胞们一起参与救助行动。这些人当中有不少人已经改换国籍了，但是每当中国有难的时候，侨胞帮助祖国的热情一点不输中国籍的人。

中国人无论走到哪里，无论是什麽国籍，骨子里都有中国情结。这也是为什麽，中国人在世界上的任何一个地方，都会保持着中国传统文化习俗和饮食方式。没有谁会因为入了哪个国家的国籍，而不爱中国了。那份爱是融化在血液中的，永远不会改变。

中国人选择在其他国家居住，有各种各样的原因，不可一概而论。如果他们仍然做着维护中国利益的事，那么即使入了其他国籍又怎样？关键不在他住在哪里，而在他做了什么。

在三聚氰胺奶粉事件中，那些口口声声说爱国的人，却做出这样损害中国国际形象的事情来，难道这就爱国吗？以国籍来划分爱不爱国的论调，可以休矣。

搭错车

周末收拾房间时，我忽然在抽屉里发现一张名片："Mathew Huang"。啊？！这个我熟悉而又陌生的名字，这个曾经震惊整个华人社会的名字，已经被人渐渐淡忘了，想不到却又在今天唤起了我尘封的记忆。

那是在2002年2月的一个晚上。睡觉前，我和往常一样，打开电视机，看看最新的晚间新闻。一则消息吸引了我："今天傍晚，一名男子枪杀了前上司后自杀。据了解，嫌犯名叫马休，是一名生物科学家，曾在中半岛一家生物公司任职。"我的心一阵紧抽，难道是我认识的那个马休吗？荧屏上的照片准确无误地印证了我的猜测。这正是我认识的那个马休。我的心猛地一沉，记忆又把我带回了一年多以前。

其实我和马休并不很熟。我和他只有两面之缘。那还是在我工作的前一个公司倒闭的时候，我急着到处发简历找新工作。一天，我接到一通电话，从对方带口音的英文中，我已猜出对方是中国人。于是我转用中文和他通话。他自我介绍叫马休，是这家公司的分子生物学及生物资讯部的主任。他邀我去公司面谈。

一星期之后，我来到了他们公司。公司不大，楼却是崭新的。马休热情地接待了我。他向我介绍了公司各方面的情况，以及他的最新研究课题。我们聊得很愉快。他说希望我也和他的老板谈一谈。他把我带到了一个中年妇女面前，只见她留着银白的短发，操着一口略带俄国腔的英语，一举手一投足都透着女强人的威严和干练。我不由得紧张起来。她问了我一大堆刁钻古怪的问题，我全无招架之力，开始时的好感已经荡然无存。结果他们没有看上我，我也没有看上他们。

后来，斯坦福大学的人类基因中心对外开放，我和几个同事慕名前去参观。我正在几个实验室里转着，忽然看见前面一个胖胖的身影很眼熟，走上前一看，果然是马休。我和他打了招呼，他问我工作找到了没有，我说找到了，和他做的差不多，也是做人类基因排序，研究基因对癌症的影响。他说他今天来觉得很有收获，我说我也是。就这样，我们匆匆忙忙分了手，没想到这竟是我见他的最后一面。

再次得到他的消息，就是这个震惊整个旧金山湾区的新闻。所有认识他的人都十分不解，一个出色的科学家究竟为了什么原因而走上绝路呢？从后来的报道中，我逐渐了解到，马休当年是复旦大学的高材生。考大学那年，他是上海二十三万考生中的第十一名。大学毕业之后，他又来到美国麻州大学读博士。博士学位顺利到手之后，他又颇有远见地选择在当时还十分年轻的生物资讯专业做博士后。生物资讯是一门边缘科学，介于生物和计算机之间，它是用先进的计算机方法处理大量的生物数据。从事这一行的人必须要有很强的生物背景，同时又要懂电脑，会计算机编程。这对只有生物背景马休来说，是个极大的挑战。然而他是一个不甘平庸的人，他勇敢地接受了挑战。他来到著名的华盛顿大学，为世界顶尖科学家做博士后。之后，他又在几家有名的大公司任资深科学家，其间也在几所大学任教。

2000年时，他来到湾区中半岛这家生物公司任职。那时，人类基因测序才刚刚完成，还有太多的事情要做，马休本来可以发挥特长，大展拳脚，干出一番事业来。没想到，他却在去年六月被公司解雇。传说是因为他花了太多的心力在中国的华大基因中心上。于是就出现了本文开始的那一幕。马休打了一个电话给多米诺比萨店，要求送一份外卖比萨到前老板家中。当送比萨的小弟送货上门时，受害人说不曾叫过外卖。正在这时，马休突然出现，并对前老板连开数枪，受害人当场死亡。马休也迅速逃离现场。一小时之后，他的太太接到电话，马休情绪激动地告诉她，他杀了自己的老板，他也不想活了。半小时之后，警方在海边公园里发现了他的尸体。他是用他杀死老板的手枪向自己头部开了一枪。

一个才华横溢，家庭幸福的科学家就这样结束了自己美好的生命和辉煌的事业。案发之后，每个人都守口如瓶。没人知道书呆子气十足的马休和他那严厉的女老板之间到底发生了什么事。也许这永远都是一个谜。

几年前，马休曾接受西雅图时报的采访，他说，当年他刚来美国时，身上只有五十美元，他得用这仅有的一点钱坐车从机场到学校，如果搭错车就惨了。幸运的是，那时他没有搭错车，并且一路发展相当顺利。只是不明白为什么到最后，他却搭上了死亡列车，给活着的人留下了串串问号。

我不禁感叹世事无常，人生难料。有谁能想到，当年纽约机场的那个穷学生，后来会成为一名大科学家？又有谁能想到，这个大科学家会因为一时的不如意竟举枪杀人，而后自杀？是啊,每个人在人生的旅途当中都要搭乘不同的车次，搭错了，可能一生就毁了。但愿活着的人能好好珍惜。

我小心地收好名片，就算是个纪念吧！我曾经认识这样一个人。

不动脑子的清洁工

最近，公司换了清洁工，原来那个给辞了。事情的经过是这样的：

上个星期五，公司要清洁工清理冰箱，把剩下的食物都扔掉。因为以前有人把食物带到公司，放到冰箱里就忘了。很长时间之后，食物发霉变质，产生臭味，这才被人发现。里面其他干净的食物也被污染了。大家意见很大，说怎么没有一个人管冰箱的事呢？以后应该按时清理冰箱，把过期的食物早些扔掉，这样就不会发生食物腐烂的事件了。于是，上个星期五，那个倒霉的清洁工被分配工作去清理冰箱。谁知，他老兄图省事，把里面的饭盒和剩饭一起倒掉了。通常，星期五是大家聚餐的日子。有相当多的人本来带饭来上班，后来同事邀请出去吃饭，就跟大伙一起出去了，饭盒就留在冰箱里，走的时候忘了带回家，等周一来上班，就发现饭盒不见了。统计一下，全公司很多人都丢了饭盒。因为那清洁工把剩饭和饭盒一起丢垃圾桶里了。公司只好向大家道歉，说谁丢了饭盒，再买个新的，公司给报销。这个清洁工也为此事丢了饭碗。

其实做什么工作都要用心，不能不动脑子。清洁工也一样，看似简单的事，不经过大脑就去做，也是会犯错误的。像这位老兄，当时稍微多想想，也不至于做出这么愚蠢的事。别小看了清洁工，不同人做，结局还真就不一样。要不然怎么有的人，开始也是做清洁，给人端茶送水的，后来越做越好，还进入公司管理阶层了。而有的人，连这点小事也做不好，还要被赶走。

手捧玫瑰的打工仔

父母来美探亲，想去洛杉矶玩儿，又不想坐飞机去，就选择坐灰狗（一种长途巴士）去了。

回来那天，我去灰狗站接他们。时间还早，很多人都在汽车站等着。我忽然看见一个打工仔模样的墨西哥人手捧一束玫瑰站在那里。他穿着一身油渍的工作服，像是餐馆打杂的。手里的玫瑰似乎和他的衣着很不相称。那玫瑰是新鲜的，带着露珠，包在一张精致的玻璃纸里，里面零零星星点缀着一些白色的满天星，用丝带细心地系好。我看着心想，这束玫瑰价格不低，像他们这种工作只能拿最低工资的，怕是要用去他不少薪水吧？他的花要送给谁呢？一定是心上人吧？她或许和他一样，也是做一份低薪水的工作，他们或许没有车，也没有身份，只能坐灰狗这样廉价的公共交通工具。但是这一切并不妨碍他们的浪漫，起码，今天，他们会小小地奢侈一下。

忽然想起，和硅谷的女孩子们抱怨过那些高薪的硅谷工程师们不懂得浪漫，连一束花也不懂得买，和他们约会就只会带你逛卖电脑零件的Fry's，真是无趣得很。想想他们真的还不如眼前这个老墨呢！

这时，汽车进站了。我看到一个满脸疲惫的女人走下来，那个老墨迎上去，把花献给她。女人看见花，似乎有些惊喜。接着，他们就拥吻在一起。看到这一幕，我感动极了。即使是打工仔，也要在力所能及的范围内，享受一下生活，拥有片刻的浪漫啊！我在心里默默地对他们说："祝愿你们永远幸福。"

抓鲍鱼的老人

我们加州人真的很有口福，可以不花大钱，尝到许多贵重的海鲜，比如螃蟹、象蚌、鲍鱼等。加州产的鲍鱼还是比较上品的呢！

鲍鱼不是鱼，而是软件动物，与贝类同族，鲍鱼壳边缘有九个银色呼吸小孔，故又有"九孔螺"的别称。鲍鱼肉异常鲜美，属“海八珍”之列，享有“海味之冠”美称，是一种相当名贵的海产。据营养学家的分析，每一百克的鲍鱼含有蛋白质19%、脂肪3.4%、碳水化合物 1.5%、水分74.9%，蛋白质的含量大约与牛肉相似。在中医治疗上，认为它有滋阴清热、益精明目、温补肝肾的食疗价值，长久以来都被视为珍贵补品。

我们通常在店里看到的都是干的，偶尔有冷冻的鲜鲍鱼卖，也是价格昂贵。加州鲍鱼通常个体比较大，黑市上要卖两百美金一个。但是，加州有法律规定，自己抓的只能自己享用或是赠给亲友，不可以作盈利的用途。一个人一天只许抓三只。

在加州，很多人都有潜水的业余爱好，而抓鲍鱼是这种潜水娱乐活动的副业。我的一位同事安娜的公公今年七十多岁了，耳不聋，眼不花，满面红光，精神矍铄，体力过人，完全不像那么大年纪的人。他最大的嗜好就是和一帮志同道和的朋友，开车穿过金门桥，沿着一号公路一路欣赏美景，开到曼都仙奴的海边，去潜海抓鲍鱼。

这是个极富挑战性的运动。你必须穿上潜水衣，在接近零度的冰冷海水中和风浪搏斗，冒着被海浪卷走的危险，在一块块岩石上搜索，迅速找到鲍鱼，并且量出大小（太小不可以捉），然后用特制的铲子铲下鲍鱼，抓到手里。这一切都要在很短的时间内完成。否则就很可能前功尽弃，不是丢了鲍鱼，就是工具被海水冲走，空手而归。另外因为海水很冷，人不可以在海水里待很久，过个四五十分钟就得上岸暖一暖身。

这项极危险的运动就是年轻人也不愿投入。这位老人家常常嘲笑同去的年轻人，只会站在近海岸的浅水里，不敢到风浪很大的外海，所以他们始终抓不到最大最美的鲍鱼。

老人家每次都很容易就达标了，常常自己抓的鲍鱼都吃不完，只好送人。他说抓鲍鱼的乐趣不在于抓到鲍鱼本身，而在于和风浪博斗的过程，那份挑战身体极限的成就感，是什么都代替不了的。

梦想的代价

每个人都有自己的梦想。有的人为了实现自己的梦想不惜付出生命的代价。美国人邦普就是这样一个人。我一直被他的故事感动着。

公元2002年1月19日，冬季奥运会的圣火传到了旧金山。在传递圣火的人群中，有一个坐在轮椅上的人特别引人注目。只见他面色苍白，身体虚弱，但精神十分振奋。在别人的帮助之下，他从轮椅中站了起来，拿着火炬走了三百多米，然后把火炬交给了下一名接力者。之后，他向所爱的人道别，返回医院。

他就是三十七岁的白血病患者邦普。邦普原本是硅谷一家电脑公司的程式设计经理，同时也是一名业余运动员。他也有过参加奥运会的梦想。可是这个梦想被无情地打碎了。1997年，他被诊断患了白血病，一年之内，他的体重从150磅减到90磅。他积极配合治疗，使病情大有起色，体重又恢复到150磅。他还接受耐力训练，并为白血病与淋巴瘤协会募款。他甚至在去年八月完成了生平第一次铁人三项比赛。他必须在十七小时之内游泳三千八百米，骑自行车一百八十公里，跑步四十二公里。他总共花了十六小时五十六分钟三十秒，刚好在限定时间内完成，观众为他喝采。

今年一月份，邦普的身体状况不是很好。当他听说奥运火炬传到了旧金山，他很想亲自拿着火炬，在街头跑上一程，圆了自己的奥运梦。但是医生认为，他的身体过于虚弱，难以支持到那一天。可是邦普意志坚决，他设法说服一名医生，让他偷偷溜出医院，由救护车把他送到传送圣火的地点。在完成圣火交棒之后，他便返回医院。回到医院后，邦普便陷入昏迷不醒的状态。三天之后，他带着圆梦之后的满足，了无遗憾地告别人间。

邦普用生命的代价实现了自己的梦想，天堂里的他一定在微笑吧……

真人不露相

公司里新来了一个刚从名校斯坦福毕业的大学生，金发碧眼、高大英俊，名叫派克。他一进公司就非常积极地参与公司里的各种活动。他是公司娱乐委员会的主席，组织了圣诞Party、快乐星期五等许多重要活动。他还参加了公司的长跑比赛和智力竞赛活动。

平时，他待人彬彬有礼，谦虚好学。大家都很喜欢他，觉得他不一般。可是看看他的日常生活方式又很朴素。他平时就穿普通的T恤衫，牛仔裤，运动鞋。他坐地铁，或者骑自行车上班，偶尔也开一部老旧的二手车。`他和别人合租了一套简陋的公寓，每天都自己做饭。中午也很少下馆子，都是自己带饭，有时是意大利面，有时是三明治，有时是炒米饭，也有时是新鲜的蔬菜沙拉，他说都是从父母家的菜园子里摘的。他说他和女朋友在一起时都是他做饭。在餐室里，他可以和大家讨论出一大套的烹饪经验。他说外面买新的家具太贵，他住的附近经常有人扔旧家具，他觉得还不错，就捡回来用。我听他这话就笑了，心有戚戚焉，原来美国孩子跟我们一样，大家刚工作时都是这么苦过来的。

派克也是个热心助人的人。公司里有谁需要帮忙的，只要求他，他都会帮。我坐火车上班，下班时，常常工作得太晚，误了最后一班到火车站的班车。每次只要他在，就义不容辞地开车送我去火车站。

派克工作一直很努力。刚来没多久就做出了成绩，在公司大会上做了研究报告。他的一篇论文被一个国际学术会议选中，他远赴西班牙宣读自己的论文。我们都很钦佩他。

后来，他的女朋友考上了博士生。派克准备放弃工作，也去考博士，和女朋友在一起。本来两个人都去考斯坦福。派克本身就是斯坦福毕业的，再去考，轻车熟路，很容易就拿到了录取通知。但是女朋友却考取了华盛顿大学。派克毅然决定，放弃斯坦福，也去报考华盛顿大学。本来派克的成绩就不错，不出意外地被录取了。我笑他，为爱放弃了那么好的深造机会，会不会后悔啊！他说只要两个人在一起，有什么可悔的?

就在派克准备和大家告别的那段时间。有一天，公司召开董事会，所有的投资人都来了。人们看到其中的一个人把派克叫到公司外面的树下悄悄谈话。我的老板隔着窗户指着那个中年人问我，你猜猜那是谁？我摇摇头表示不认识。老板神秘兮兮地告诉我："原来那个人就是派克的父亲，我们公司的投资者之一。他是个千万富翁，家里的钱一辈子都花不完。"我知道了，惊讶得嘴巴合不上。我们大家只当他是个普通的中产阶级家的孩子，真没想到，原来他是这样的背景，真是真人不露相啊！

百万富翁的发家史

在我们搞生物科技的华人圈子里，提起老周没有不知道的，关于他的发家史也都耳熟能详。老周是六十年代的台湾留学生，在美国拿了博士学位之后，到一所著名大学做博士后。在做博士后期间，老周发现有一种新的细胞株可以产生一种很有价值的抗体，可是这一切都是属于学校的，老周什么也得不到。他于是想出一条妙计，谎称学校的冰箱不小心断电，细胞株化冻，全都死了。实际上他把细胞株转移到自家冰箱里，就靠着它，又叫了几个科学家合伙，在自家车库就开始创业了。

后来规模越来越大，就在外面租了房子，又招了许多人。他从来不招美国人，专门招那些刚毕业，没有经验，又急着解决身份问题的中国留学生，把他们的工资压得很低，还常让他们加班，而且福利很差。我曾经去面试过他的公司，我还记得当时的情形，十几个人挤在一个又脏又破的实验室里，只有一台电脑，一部电活。员工们连自己的办公间都没有，他说不需要。午餐室小得转不开身。他给开的工资比市场价低很多，当时我没有找到其他的工作，但是我也不愿意在这里做。我的另一个朋友在一家大公司做临时工，被他挖过来，开始工资付的是市场价，三个月之后却要给人家减薪，人家当然不干，立马走人了。不过老周从来不发愁找不到人，每年新毕业的学生多着呢！尤其是那些博士生，找不到别处，只好待在老周这里，赚取一些企业界的经验。只是他这里从来留不住人，人员总是走马灯似地换，但公司赢利还是越来越好。后来老周觉得自己老了，干不动了，就把公司卖给了一家美国大公司。他如今正在自己的百万豪宅里安度晚年。不管怎么说，老周的公司还是成功的。这些年来，一些美国公司都倒闭了，老周的公司却还屹立不倒，而且生意不错。有趣的是从他公司出来的几个科学家都选择了自行创业，也都很成功，想来老周的发家史给了这些人不少启示吧！

赶火车的单亲妈妈

派对正在进行中，但是大家都在等一个人——单亲妈妈芸。

说起芸来，真是让人佩服。本来社会学毕业的她，因为工作难找，自己去读了一个软件测试的班，拿到证书就在计算机公司当测试员，从合同工做起，后来变成正式工。她自己努力，又会社交，一路升迁，现在已经是小小的经理了。一个人不但把儿女送进了大学，还买了房子。她经常请大家到她的新家去开Party，每次都有她最拿手的酱肘子！我们吃过之后就觉得惊艳，就让她每次派对一定要带这道菜。

其实在硅谷，有不少她这样的单亲妈妈。以前坐火车上班的时候，常常看到一个妈妈，推着婴儿车快步赶火车。因为经常能看到她，每次列车员都要等她一下，大家也帮她把东西拿到火车上，和列车员一起把婴儿车抬上车。她总是背很大一个包，那里面有奶粉尿布，还有孩子的换洗衣服。她说她是个单亲妈妈，现在半工在斯坦福大学读书。她每天都要这样，先送孩子去学校附近的托儿所，然后上午去上课，下午去图书馆工作。等她的学位读完了，她就可以找全职工作了。我听了简直佩服极了。单亲妈妈已经很辛苦了，何况她还要读书工作一起来，这是多么不容易啊！我实在惊讶她的毅力。

我还认识另一个单亲妈妈，丈夫两次背叛自己。最后一次老公去大陆做生意，有了外遇，生意又失败。把全部债务和三个孩子都丢给她，自己带着外遇躲了起来。当时她身无分文，三个孩子分别为九岁，六岁，三岁。她一无所有，却要还债，要养孩子，还要养活自己。她想到过自杀，但是看着三个孩子天真单纯的眼神，她放弃了。她决心自强不息，一定要努力赚钱养家。她拼命读书，考下了金融管理的执照，努力工作，业绩一路长虹。几年下来，她不但还清了债务，赚足了买房子的钱，还把孩子们送进了大学。这样坚强的单亲妈妈，让男人都自叹不如。

正想着，屋外传来一阵笑声，是芸来了。她一进门就问："你们把米饭准备好了么？这酱肘子配米饭最好了。""当然准备好啦！"我说。她把一个玻璃锅子放到台子上，打开盖子，酱肘子的香气飘了出来。我迫不及待地夹了一块，肉烧得又香又烂，皮却还很劲道，真是好手艺啊！我禁不住连声赞叹："好吃，好吃！"我抬眼看看芸，她已经五十多岁了，淡妆素抹，衣着得体，看着也就四十出头的样子，她的笑容是那么自信从容，由不得让人心生敬佩。

看着芸，想想我认识的那些单亲妈妈，虽然她们在生活中会遇到很多困难，想工作和生活兼得，更是难上加难。然而，这些单亲妈妈们都靠着自己的努力，一步一步走过来，个个都活得非常精彩。只要以积极的态度对待生活，都能挥洒出一片属于自己的灿烂天空。

还是好人多

下了班，我顺道去了超市想买点菜。刚开进停车场，只听得“呯”的一声，我的车被撞了。我赶紧下车查看，只见右侧两门中间被撞了一个小坑。从对面车里走出来一个满脸稚气的中东小鬼，他惊慌失措地说：“对不起，我倒车的时候没看见。”看到他不像个奸滑之人，我的气也消了一半，就对他说：“把你的驾照和保险单给我吧！”他说：“别告诉我保险公司啊，那样他们就会涨我的保费的，我可以赔你现金。我有保险的，真的！”我看他一脸诚实，不像在说谎，就说：“好吧，那给我你的名字和电话，我明天先去修车行估价，估好价再和你联络。如果钱很多，你还是找保险公司赔吧！”我留了他的地址和电话，就回家了。

回到家之后，跟老公说了事情原委，老公问有警察报告么？我摇摇头。他又问找没找目击证人？我还是摇头。老公大骂我糊涂，怎么这么轻易就放走他？万一他不承认了怎么办？我说不会吧？看他那样子不像坏人啊！“那可难说！”老公一副不相信的样子，我心里也有点慌了，赶紧打了几个电话问问朋友们，他们遇到这种情况都是怎么处理。大家的答案让我沮丧，他们一致认为我不应该就这么放他走。还有个人还给我讲了她个人的惨痛经历。她上次被一个白人老头给撞了，开始大家交换保险单，一切都好好的，可是保险公司找上门，老头一概否认，还说从来没去过那个地方，害她什么赔偿也没拿到。还有一次是被个印度人撞了，那人也答应赔了，但是电话打过去，总是故意不接，后来她干脆到老印家门口去堵，如此这般，以愚公移山的劲头终于逼着老印赔了钱。最后她叮嘱我：要有打持久战的准备。他们的话害的我一夜没睡好。

第二天一大早，我来到车行做了估价，要一千五百块。晚上下了班，我给中东小鬼打电话，告诉他估价的结果，他倒吸口冷气说："那么贵啊？我赔不起。"我说："就是，你还是让保险公司赔吧！不然我们买保险是干什么的呢？"我们商量好，明天晚上8点钟，在我们撞车的地点见面，他会把我需要的文件都带来。

这一整天我都心神不宁。生怕他就这样消失不见了。好不容易熬到了晚上，我提前5分钟到了，他还没来，我急得像热锅上的蚂蚁。他到底会不会来啊？正胡思乱想着，我看见那个中东小鬼手拿一叠文件向我走来，他说："你要的东西都在这了。"我对了对复印件，果然都相符。一切都很顺利，老公真是想的太多了。

不久，对方保险公司派人来给我估了价，和我上次自己估的差不多，我也没有异议。谁知，过了两个星期，我还是没收到保险公司的赔偿金。我心里又有点发毛了，该不会保险公司是假的吧？赶紧打电话去问，对方说我的地址不对，寄去的支票给退回来了。给了正确的地址，一星期之后，当我打开信箱，看到公司寄来的支票，想想这一个月以来的担惊受怕，真是庸人自扰。有句老话还是对的："这个世上还是好人多。"

不要让生命过度燃烧

这是一个悲伤的感恩节。就在感恩节前夕，我的同事兼好友安故去了。她还年轻，才41岁，还没结婚，有太多太多的事还没经历，就这样匆匆走了，我甚至都没来得及向她告别。

安是个大忙人。她是个生物统计家，同时为三家公司做顾问。她还是湾区华人生物协会的理事，经常组织活动，还上中文电台做讲座。她考上了房地产执照，业余时间也兼做房地产生意。她笃信佛教，积极参与教会的活动，还成立了一个基金会，推广健康的生活方式。很可惜，她却忽略了自己的健康。

最近这段时间，她三个公司来回奔波，上午在东湾那家公司做完以后，下午又赶到北湾的另一家公司，最后才是我们公司。中午饭来不及吃，就带一些零食草草了事。晚上下了班也没时间吃晚饭，就匆匆赶到佛堂念经。日久天长，她变得脸色苍白，严重贫血。朋友、同事和家人都劝她早点去医院做检查，可是她一忙就忘了。

就这样她一拖再拖，直到有一天完全病倒，才在家人的陪同下做了检查。结果是胃癌晚期，因为发现的时候实在太晚了，任何医疗措施都无法挽救她的生命，从发现到去世前后不到一个月。我和几个同事本来约好一同去看望她。想不到还没来得及成行，她就这样匆匆走了，连最后一面都没看到。大家得知这个不幸的消息都很难过。安的去世向我们每个人敲起了警钟，不要让你的生命过度燃烧，因为生命只有一次。

又是一年清明节，安已经走了三年了，而我时时还会想起她，想起我们曾经在一起的日子。

第一次见到安，是在公司休息室里。一个瘦弱的穿着红色大衣的女生，头发枯黄稀疏，脸色苍白，两只眼睛却很有神采，闪耀着智慧的光芒。我主动和她打招呼，才知道她是公司临时雇的生物统计师。她说她不喜欢开车，都是坐火车上班，我很兴奋地告诉她，我也是坐火车上班，以后我们可以做伴了。

就这样，我们开始了一段一起坐火车的日子。在火车上，她经常聊起公司发生的事。她的思路敏捷，头脑清晰，总是能够分析出公司面临的问题和解决的办法。那时候，公司正在筹划将第一个产品投放市场，但是实验结果一直不尽人意。请了几任生物统计师都没有效果。安的加盟无疑对公司是极大的帮助。她不但是分子生物学的博士，还懂统计和临床，也做过FDA的评审。丰富而广博的专业知识，让她能够很快就发现问题的实质。她在火车上告诉我，公司高层的一些人固执己见，不肯听她的劝告，执意将拐点设得很高，这样很多数据就被废掉了，影响了统计结果，其实我们的产品早就有了，如果能够听她的话，重新设置一下。她苦口婆心地和高层一一解释，也曾经对一些反对者拍桌子怒吼，终于得到了CEO的支持。公司的产品很快通过了FDA鉴定，公司还特意召开了香槟酒会庆祝。只有我知道，这中间有安多少心血！

安是个虔诚的佛教徒，吃全素，也就是说，她除了不吃任何肉制品外，也不吃蛋类。我总觉得她有些营养不良。有一次，她邀请我去她家参加一个素食派对。开始我以为无非是些素鸡、豆干之类的我们司空见惯的素食。想不到去了之后，看到的完全不一样。活动的赞助商松珍公司的老板娘康妮亲自下厨，为我们端上了一道道意想不到的素食。

第一道是鲔鱼沙拉，是用大豆组织蛋白做的仿鲔鱼和无蛋的乳清蛋白做的沙拉酱拌的，味道象极了真正的Tuna Salad。然后是黑椒牛排，做的像汉堡一样，小孩子们都爱吃。接下来是炸小鸡块、鸡腿、鸡柳、虽是大豆做的，却和麦当劳卖的毫无二致，颇能以假乱真。另一锅在煎带鱼，海苔做的鱼皮，真是形似神似。不一会儿，用素肉浆做的煎酿三宝好了，鲜美的鱼丸蘑菇汤也上了桌。还有九层塔炒响螺，是用蒟蒻做的，不仅形似，脆生生的口感也很像呢。还有以多种谷物豆类煮的养生饭，美味的海苔松子炒饭，由胡罗卜丝、牛蒡丝、木耳丝、芹菜丝、绿豆芽等数十种蔬莱丝做成的炒十香菜。最后两道甜品是甜糯的红豆汤和椰子味的豆奶布丁，洋洋洒洒数十道，实在是太丰盛了。从来不知道素食可以做得这样精致，比起纯肉的味道毫不逊色，而营养却更好。通常我们都以为素食者比我们常人少了许多口福，却不知拜现代高科技所赐，他们不但没有错过美味，还比我们吃的健康呢！

她说，她要把这些介绍到中国去。她想开一家素食麦当劳连锁店，让这些素的鸡汉堡，炸鸡块和真正的麦当劳一样有影响力，并且她的素食店更健康。但是可惜她是台湾人，在大陆没人脉。我说我可以帮助她。她对我兴致勃勃地讲了她对开店的种种设想，还说赚了钱之后，她要做慈善事业。她从来就没想过发财之后，自己去怎么享用。她一直是单身，没有交男朋友，她早就把自己的一生献给了信仰。

那段时间，我们在火车上，除了谈论公司里的事，就是谈未来素食店怎么做。我们一起憧憬着去中国开创新的事业。不久，安说她要去台湾受菩萨戒，之后回来再和我联系。我就这样期盼着，等了一个月，她回来了，脸色更加苍白，手臂上多了三个香烛烧过的疤痕。她说整个受戒过程很严，她三天不能吃东西，只能喝一些糖水，要等放在手臂上的香烧完。听她说话有气无力的，像是在生病，我问她身体是不是不舒服，她说不要紧的。紧接着，公司里的工作异常繁忙，我几乎天天加班，没机会和安一起坐火车了。

某一天，我忽然发觉，怎么好几天没看到安了。我去问副总裁，他说他也不清楚，得给安打个电话问问。没过几天，他把我叫进办公室，小声说，真不幸，安才诊断出来，得了胃癌，正在接受治疗，现在不便探视，等她身体好一些，我们公司会派人去看望她。我的脑袋“轰”的一下，怎么会这样？那就等一段时间吧！我继续忙我的工作。那天，我又一次坐火车上班，碰到了开班车的司机。他问我，“你听说了没有，安过世了。”啊？我觉得晴天霹雳，我还准备去看她呢！怎么这么快她就走了？进了公司，我赶紧跑到副总裁的办公室，问他听说这事没有。他缓缓地说，安的哥哥已经告诉他了，没想到这么快，从发现到她走，只有三星期，我们都没来得及见她最后一面。

安的葬礼是在佛堂举行的。法师说，安虽然从这个世界消失了，但是她到了快乐的佛界。她的一生比很多人都精彩。我听得泪如雨下，安的佛缘太深，聪慧善良的她终于去了那边的极乐世界，而我还留在滚滚红尘中。那道界碑把我们隔在两个世界里，却隔不断我对她的绵绵思念。

人间处处有真情

前一阵子，为我们开班车的黑人司机瑞不见了，换了一个新的司机，我们都觉得奇怪。新司机告诉我们，瑞的太太得了喉癌，需要人照顾，所以这阵子他请假在家，专职照顾太太。

大家听到这个消息都很难过，因为瑞是那么好的一个人。他每天都按时在火车站等我们，有时火车晚点了，他就一直在那里等着，直到等到火车为止，尽管根据合同，如果火车晚点，瑞只需要多等五分钟就够了，但是他从来都不那么做，甚至还超时工作。记得有一次，火车在中途出了机械故障，花了一个多小时才修好。等火车到达时，已经过了瑞的下班时间，大家都说瑞不会等我们了，可是火车到站时，大家都看到瑞的车，车厢里一片欢呼声，大家感动得快要流泪了。我怀孕那阵子，瑞怕我多走路，每次都多绕些圈子，把送我到公司门口。我们公司的前台接待员直开我玩笑说："天啊，这班车成了你的私车了。"

现在，瑞家里出了事，大家都想为他做点什么。于是我们这帮来自不同公司，却都乘坐同一辆班车的人，凑了点钱，买了花，大伙还签了一张慰问卡，一起寄给了瑞。

上个星期，瑞又回来上班了。我们都禁不住问他，太太的病情怎样了，他说已经好多了。他非常感谢大家对他的关怀。那阵子，他每天陪太太去化疗，太太因为化疗，头发掉光了，胃口也没有，体重直线下降。瑞的心情也很不好，但是大家的慰问给了他很大的支持。他们终于走过一段艰难的时期。最近，他太太去复查，癌细胞已经不见了。他说："我永远也不会忘记你们每一个人。"

快乐的列车员

以前坐火车上班时，我那班车上常常碰到一个列车员。他不像其他列车员那样，只是报站了事。他还自己添加很多素材，唠唠叨叨不停地介绍各个站的情况，而且语言特别幽默。比如到了山景城，他就说："这地方叫'山景城'，可是没有山，风景倒是还不错。下了火车就是卡斯楚街，可热闹了，你想找餐馆，逛商店都很方便。这里的餐馆世界各国风味都有，你想吃什么就有什么，我向你们推荐一家意大利餐馆，我和我老婆上个周末才去过，味道不错，你下次来一定尝尝哦！"我们都给逗笑了。快到南三藩市时，他又说了："下一站是生物之城了哈，你看，街道上的标志都是DNA双螺旋呢！"就是在他这样的调侃声中，我下了车，开始了一天愉快的工作。

我想，他的工作本来是多枯燥啊！每天就是在火车上来回跑，查票，报站，哪里也不能去。日复一日，年复一年，都是这样。要是别人干这份工作，还不得闷死了。他竟然自得其乐，每天总是很快乐地招呼上下车的旅客，实在很了不起呢！其实我们大家每天所做的事，不一定是自己最喜欢做的事，大多数人是为了生存糊口，才去做的。反正抱怨也是活，快乐也是活，何不像这位列车员一样，选择快乐的活法？他快乐，也把快乐带给了车上的我们。人在世上就这么短暂，为何还要为鸡毛蒜皮的事烦恼，为什么不每天都快乐地生活呢？就像这位列车员，既来之则安之，在自己的岗位上快乐地工作着。

公正的法官

前一段时间，和印度同事希玛尔一起坐火车上班。自从加州火车取消车上卖票服务之后，就改成由列车员在车上验票。我们那趟班次的列车员是个大胡子老头，似乎有点种族偏见，总喜欢抽查少数族裔。

这天，我们上了车，还没坐好，大胡子就来验票了。当时希玛尔已经怀有九个月的身孕，是最后一星期上班了。她行动不便，还没来得及放下手提包，大胡子就很凶地问："你的票呢？"希玛尔费力地找出车票给他看，没想到他很生气地说："你应该在我来之前就把票准备好，而不是等我来了向你要你才拿。"他向希玛尔要驾照，希玛尔不明就里，把驾照递给了他，没想到他竟然给希玛尔开了张罚单。天那，这也太不讲理了！希玛尔都被气哭了。我安慰她说："别理这个罚单，等着上交通法庭申辩去。"

三个月之后，希玛尔生完孩子，在家休息，突然接到交通法庭的出庭通知。她叫我去做证人，我一口答应了。我们不知道情形会怎样，希玛尔的先生说："如果很麻烦的话，我们宁可交罚款了事。"我们可跟他们耗不起时间。到了法庭，希玛尔陈述了当天事情的经过。法官问她："那天你到底有没有买票？"她说："当然有！"说着，她就拿出票给法官看。法官看完后，对她说："你的案子撤销了。你可以回家了。"这么顺利，这么简单？还没轮到我这个证人开口呢，就结束了？我们都很意外。看来在美国还是要相信法律，相信法官，他们还是公正廉明，秉公办事的。

小店里的亚美尼亚人

初冬的早晨，天阴沉沉的。我来到附近的加油站做汽车尾气检测。店里的阿拉伯伙计抱歉地告诉我说，检测很快就能做完，但是计算机出了故障，打不出报告来，让我多等一会。

我只好来到顾客休息室，倒了一杯咖啡。身旁一个中年人对我说：“这儿的咖啡一点都不好喝，我的店就在对面，我有上好的亚美尼亚咖啡，要不要尝尝？”我想反正闲着没事，就尾随他过了马路，进了他小小的钟表店。

他把我让进后面的休息室，拿出一个铁筒，指着一行我不认识的字说：“看，这就是亚美尼亚咖啡，是我朋友从家乡带来的。”他舀了一勺，放进咖啡壶里，插上电。不一会，屋子里便弥漫着咖啡的香味。“好了！”他拿出两个酒盅大小的杯子，一个人倒了一杯。我尝了尝，又苦又涩，还透着一股陈旧的霉味，显然是放了很久了。他问：“好喝吧？”我为了让他高兴，勉强点点头。他兴奋地说：“那就多喝些！”我轻轻呷了一小口，心想，这哪有星巴克的咖啡香醇？

他自我介绍说，他是亚美尼亚商人，专营珠宝和钟表，在外漂流了很多年了，还是念念不忘家乡咖啡的味道。他忽然问我：“你出来多久啦？”“十年了。”“想家么？”他又问。我默默地点点头。他轻轻叹了口气。我望着他，忽然有一种“同是天涯沦落人”的感觉，想不到在这个寒冷的早晨，两个同是漂流在外的异乡客却有着同样的乡思。

对面的伙计在向我招手，电脑修好了。我起身告辞，他往我手里塞了些优惠券，说：“以后一定再来啊！”我说，我会的，亚美尼亚人。

三遇诺贝尔奖得主

加州人杰地灵，在各个领域都出过诺贝尔奖得主，其中医学奖获得者最多。由于拥有世界顶尖的大学，再加上宣传得当，加州几乎隔不了几年就会出个获奖者。住在加州，遇到诺贝尔奖得主的机会也很高，就连我这个普通的科研工作者还见过三位诺贝尔获奖者呢！

第一位是迈克尔·毕晓普，他是加大旧金山分校的教授。当时我在那里当实习生，我的老板是著名的辐射治癌专家威廉·杜伊博士。他是个非常豁达的老板，常常鼓励我们多去听听其他专家的讲座。有一次，他对我们说，今天下午不要干活了，因为有诺贝尔奖得主将要做报告。我们坐了班车去学校总部，大礼堂里早已挤满了人，我只见台上坐了个大胡子，远远地看不清长相，听说他是1989年的诺贝尔奖得主。我们好不容易才找到位子坐下。虽然我对讲座的内容并不全懂，但是有幸第一次听到诺贝尔奖得主的报告，也觉得是件很骄傲的事。

第二位是詹姆士·沃森。说起他，不但本行的人都知道，就连外行人也都听说过他的鼎鼎大名。他就是现代分子生物学之父，DNA双螺旋结构的发现者。当时，我在一家生物晶片公司工作。那家公司的CEO曾经创建过另一家知名的人类基因组公司，在业内人脉颇广。因为和沃森博士共同推动人体基因图谱的研究而熟识，也因为这层关系，他可以请到这位赫赫有名的大人物来公司演讲。这个颇俱传奇色彩的科学家长得很像爱因斯坦，也是一头爆炸式白发，像通电一般乱蓬蓬竖着。虽然传说中他的情史多姿多彩，但他仍然是单身。据说当年他们一伙人做研究时非常拼命，几乎把实验室当家了。隔壁实验室的人交了女朋友，他们就说，这个人的科研前途完了。

第三位是阿瑟·科恩伯格，他是我老板做博士后时的老板，因为发现并成功分离了DNA聚合酶而获得1959年的诺贝尔医学奖。他也是少数几个访问过中国的诺贝尔奖得主。他曾在北大做过演讲，也推荐过不少北大学生来斯坦福读书。据我老板说，当年他要求十分严格，常常早上六点多钟就来到实验室看大家的实验笔记本，看到不满意的就一个电话打过去把你骂一顿。我老板当年每天早上七点钟去实验室，干到夜里两点钟才回家。不过见过他本人后，我倒不觉得他很严厉，恰恰相反，他是个非常平易近人的人。我们要求他签字合影，他很痛快就答应了。他八十多岁了，却思路清晰、精力旺盛，还在开展新的科研课题，实在让人佩服。有意思的是，当年和他一起出席诺贝尔奖颁奖典礼的12岁儿子罗杰·科恩伯格，47年后，也就是今年，也获得了诺贝尔化学奖，成就一段父子同获诺奖的佳话。

这些诺贝尔奖得主都有一个共同特点：就是他们都把科学研究当作一生的最爱。他们当初选择做科学家的时候，并不知道自己将来是否会得奖，仅仅因为热爱科学，才会不为功利，不为虚名，不计报酬，不求回报，甘愿忍受寂寞和孤独，在实验室里默默地耕耘。只有这样发自内心热爱科学的人才会成为诺贝尔奖得主。

一个自闭儿的奇迹

在紫藤书友会上，我邂逅了一对母子。儿子生得英俊乖巧，大人们在读书，他在一旁阅读中文书。读书会结束时，他献上了自己做的菜——土豆沙拉，并为大伙弹上一支钢琴曲。如果不是他母亲告诉我，我简直无法相信，这个会演奏七种乐器，精通中英文，也会做菜的才华横溢的男孩竟然是个自闭症患者。这一家人是怎么走出自闭症的天空，让一个自闭儿像正常人那样去生活的？带着许多疑问，我探访了这家人。

1.突然降临的厄运

来自台湾新竹交大电机系的任兆文和来自台大农业推广专业的陈韵如是典型的一对硅谷高科技夫妇。任兆文在硅谷一家高科技公司任资深工程师。陈韵如来美后修读了视听教育硕士，为的是把孩子教育得更好。他们有了聪明健康的大儿子，一切都是正常而幸福的。1993年，老二任奕维出生。这是个漂亮的小婴儿，红扑扑的脸蛋，一双乌黑的眼睛总是滴溜溜地转，看上去比哥哥还要聪明。

然而开始喂奶时，问题出现了，小奕维竟然不会吸吮妈妈的乳头，无法进行母乳喂养。改换奶瓶，他倒是接受了，可是一吃牛奶就拉肚子，只好改喝豆奶。开始喂辅食的时候，又发现孩子的咀嚼能力很差，不会嚼东西。再大一些，别的孩子开始学说话了，他却迟迟不会发音。不过哥哥是12个月才学会走路，他11个月就学会了。妈妈想，也许每个孩子情况不同吧。问问周围的朋友，也有孩子这个年龄不能很好地咀嚼、很好地说话的。她想，也许这都是正常的，可能孩子长大了就会好起来。

后来小奕维又有一些奇怪的举动引起了妈妈的注意：他喜欢原地打转，从来不觉得头晕。后来才知道，这是因为自闭儿的延脑发育不够好，平衡系统失灵，没有头晕的感觉。奕维还喜欢看运动的东西，比如婴儿摇篮里转动的音乐玩具，还喜欢看马路上的来来往往的汽车，并且没有危险意识，看见喜欢的车就自己冲上去，把大人都吓坏了。他还喜欢把玩具车都排成一排。此外，他会一直去关电视，你一打开他就去关掉。他还喜欢一直冲马桶，不停地按按钮。他怕和人的目光接触，连自己的妈妈看他，只要目光一和他眼睛对上，他就立刻转走。这孩子还有过动症，总是哭闹得厉害，一直不能专心。大小便的训练也很吃力，直到四岁才结束。

转眼奕维四岁了，妈妈送他去幼儿园。进去没多久，训练有素的专业老师就看出了问题。她找来家长很坦率地说，她认为，孩子的成熟度不及两岁，她怀疑这孩子有自闭症，建议去专业机构做个检查。美国这方面非常健全，该做哪些检查，相关的机构地址，资料都很齐全。按照老师给的指示，一家人开始为小奕维做了全面而繁琐的检查，包括肌肉协调度，感觉系统，脑子语言发展，对外界的认识学习能力，社交兴趣和技巧等。在孩子四岁半的时候，才完成所有的检查，确诊为自闭症。

这个结果对于一家人来说，不啻是个晴天霹雳。韵如和先生无论如何不能相信，这个看上去聪明可爱的孩子怎么会是个自闭儿？韵如形容当时的心情，恨不得杀了诊断的医生，这一定是弄错了，为什么我的孩子会有这个病？先生的态度就是接受现实，任由他去。不过先生内心也不愿意承认自己的孩子是自闭儿，有很长时间都不愿意带小儿子出门，怕周围的亲戚朋友知道这件事。倒是韵如，在短暂的痛苦之后就想通了。她看了很多资料，觉得不应该放弃，不管孩子的病情怎样，她都要帮他治好，让他活得像正常的孩子。

他们开始参加了一些复健治疗班，主要是语言与肌肉协调的训练。奕维所在学区的高中附属小学恰好有一个特殊教育班，老师是特殊教育硕士毕业的，很有经验。美国的教育把自闭症和天才儿童都归在特殊教育这一档。奕维就在这里上了学前班。他们班上有三个自闭症的小朋友。高中里有上儿童发展课的同学去班上实习，帮助老师一起教育这些孩子。和年龄相仿的孩子一起玩，比较容易进步。课堂上有老师教英文发音，数学，美工等。但是上了一段时间，韵如发现，这样孩子的进步还是不够多，眼看孩子一天天长大，韵如心急如焚，她决定把孩子领回家，自己亲自教育孩子。

2.中西医双管齐下

韵如本身是教育硕士，对教育有自己的一套理论。她认为，孩子首先要解决专心的问题。她阅读了很多资料，虽然大多数资料都说自闭症和饮食无关，但是她在著名心理医生格林斯潘的著作中看到某小孩的症状和饮食有关。这给她增加了信心。因为她一直觉得要根本解决孩子的问题，首先就要从最关键的地方入手。如果通过调理好孩子的肠胃，让孩子从此能够专心，那么以后学习任何东西都会减少很多困难的。她先带孩子去医院做了彻底检查，医院给了她一张长长的单子。原来奕维对很多东西都过敏。怪不得奕维吃很多东西都会拉肚子或者便秘，还经常鼻塞。他们先看了西医，听从肠胃科医生的意见，对食物进行了严格筛选。孩子对面筋过敏，所有含面的食物都不能吃，洋葱等调味品也不能吃，含蛋，奶等食物也不能碰。最后只能吃米和青菜。他们不得不只选择有机商店为孩子买食物。此后，为了配合孩子的治疗，他们一家很少出门。即使出门，也会为孩子带上小饭盒，装上他自己的饭。出门的时间还不能太久，因为不能带太多的食物，不然会坏掉，外面吃又不能保证过敏原。买食物时要仔细看标签，不能买错食物。做妈妈的不能偷懒，每天都要为孩子准备食物，尽量自己做，少在外面买。

韵如听说旧金山一个中医师治疗过敏很有效，就带着孩子去看病。此后三年期间，每星期，奕维的父亲都带着他去那边两次扎针灸。每天他也坚持喝医生开的草药，还天天坚持喝李子汁和维生素片调理肠胃和身体。奕维是个听话的孩子，非常配合医生的治疗。有时候韵如看到孩子头上扎满了针，心疼得不得了，孩子却都坚持了下来。三年后，因为奕维的父亲无法继续开车送他，针灸就停止了，不过肠胃的调理还继续。就这样调理了六年，奕维的过敏症有了很多缓解，吃饭比过去多了，身体也变得健康，长胖了不少，以前过敏的一些东西也不过敏了。

3.音乐是一贴良药

身体底子打好了，韵如就着手进行下一步的教育。在孩子五岁时，她就发现奕维对音乐很敏感，有音乐声，他会很专注地听。她想，能不能让他学学音乐，或许可以帮助他改善病情？她给奕维请了私人家教，专门教他学乐器。老师本行是竖琴，但也会钢琴。开始上课时，奕维根本无法双手弹琴。韵如听说有个穴位和专心有关，就带着奕维去扎针。经过一段的针灸治疗，他的协调性有所改善，慢慢学会了双手弹。

为了让奕维能弹好琴，韵如要求哥哥陪着他弹，毕竟也是孩子，哥哥也坐不住，她不得不每次给哥哥5元钱，要求他陪着弟弟弹琴。奕维喜爱音乐，在钢琴上进步很快。老师说，他很有潜力，因为老师自己也擅长竖琴，就建议奕维也开始学竖琴。乐器这东西一通百通，学会一样，再学别的就不难。奕维就这样陆续学会了长笛、吉他、古筝、中国笛子、爵士钢琴等，总共七种乐器。对于一个自闭症的孩子不简单啦！音乐老师对奕维非常有耐心，特地在他家开团体音乐课，让奕维表演，给他信心。奕维的琴艺越来越好，开始登台演出，也越来越不怕陌生人了。他甚至开始喜欢抛头露面地表演。他的名气越来越大，很多社区活动都会找他演出。不久前，他还举办了个人音乐演奏会呢！不要说一个自闭儿，就是一个正常的孩子能有这样的成就也很不简单呢！

4.中华文化辅助治疗

刚开始治疗的时候，就有医生劝韵如不要双语教育孩子，免得两样都学不好。可是韵如认为，中文是象形文字，自闭儿通常对图像的东西敏感，说不定学中文会对奕维的智力开发有帮助。她亲自制订了学习计划，并且自己做了识字卡片。大儿子开始学中文时，韵如就要求奕维也跟着一起学，跟不上不要紧，只要多接触就好。韵如认为，小孩子早点开始背诵韵文有利于增强语感。她让孩子们背诵《三字经》，还有唐诗宋词等。孩子开始未必明白其中的意思，但是读久了，语音的感觉就找到了。有了语感，就要认字。韵如不嫌麻烦地每个字都打出来，连注音符号和汉语拼音都打出来。每天学习几个字，奕维要用作业本写很多遍，然后妈妈帮助听写生词。就这样，愚公移山一般，奕维已经掌握了上百个汉字，可以阅读简单的中文读物了。

除了学中文，韵如还让奕维学书法，书法也是和图像有关，有利于奕维认识世界。开始，因为奕维的肌肉协调能力差，连笔都握不好。妈妈就手把手帮助他，从一笔一画练起。奕维和妈妈配合得很好，每天都刻苦地练字。现在已经能写出一手漂亮的毛笔字了。看着那一个个方方正正，整整齐齐的汉字，谁都不会想到那是出自一个自闭儿之手。

一位教画画的老师听说了奕维的故事，主动要教奕维学画中国画。韵如欣然答应了。有了书法基础，奕维画画也进步很快。可能老天是公平的，自闭儿在一些地方有缺陷，在另外一些方面就特别有才华。奕维的艺术感觉很好，没有学多久，就可以画得惟妙惟肖了。

光是学才艺还不够，身体锻炼也要跟上。可是如果去练美国孩子常玩的棒球，橄榄球，篮球等，都需要群体的配合。自闭儿通常不善和人沟通，不适合做这类运动。韵如就想到中国的太极拳，这是个体可以完成的，不需要和别人配合，比较适合奕维。现在，奕维每天都打一套太极拳，既锻炼身体，又修身养性。因为这个特长，奕维还被请到社区，做传播中国文化的太极拳表演呢。

5.家庭与社会的共同帮助

自闭儿多少会受到来自社会各方的一些歧视。如何保护孩子，如何让孩子对自己有自信心，将来能够走上社会，学会和人打交道，生活能自理，有一定专长，可以自己养活自己，这是每个自闭儿家长的心愿。韵如也是这么计划的。她不能忘记，当孩子刚刚诊断出自闭症的时候，他们的家庭医生竟然拒收这个病人，他们不得不另换医生。当她送孩子去老美开的学习班时，老师明知道有问题，收了钱，却不说实话，直到教不了，才委婉地说："我们实在不知道他在班上的程度如何，他会不会受欢迎，别的孩子会不会嫌弃他。"小儿科医生很有经验，早就看出了问题，可是碍于面子，一直没有明说，害他们耽误了很多时间。为了让孩子少受伤害，韵如要将奕维保护起来，这也是她坚持家庭教学的原因。从一开始，她就明确地告诉孩子，你是个自闭儿，你和别的孩子不一样，但是不要紧，妈妈会帮你走出来。

培养孩子的生活自理能力，说起来容易，做起来难。就拿最普通的购物来说，为了让奕维学会买东西，韵如先是给他正好的钱，只买一样东西，然后反复练习，没有问题了，再给正好的钱，买好几样东西。等这样做好了，再多给他钱，教他学会找钱回来。如此这般，奕维不仅学会了购物，还学会到餐馆里吃饭点菜。他甚至还学会了记账，存钱，计算学费等更复杂的东西。

两年前，韵如决定教奕维学习做饭。为了方便他的学习，家里的炉头换成了电磁炉，这样没有明火，即使出了问题，也不会酿成火灾。锅子是不锈钢做的不粘锅，清洗方便。刀不能太锋利，要买有点钝的。自闭儿协调性不够好，如果刀子太快，很容易切到手。最开始学习最简单的，如土豆沙拉和煎饼等，都是按照菜谱，用量杯严格照着食谱去添加就可以的。从简单到复杂，奕维每学会一道菜就拍成照片，给大家分享。那天我去他家玩，他还给我做了一桌菜，主菜是清炒西兰花，汤是蔬菜牛肉汤，清淡可口，营养健康。翻翻奕维的网上相册，煮饺子、煮面、炒菜、拌沙拉，样样都会，妈妈不在，自己也会做饭给自己吃，肯定饿不着。

就在奕维在一天天进步时候，灾难再一次降临这个不幸的家庭。三年前奕维的父亲突然离世，家里的经济支柱轰然倒掉，这个家里只剩下孤儿寡母，将何去何从？

奕维的父亲本来就是乙肝带原者，后来积劳成疾，病情恶化，但是肩负着一家人的经济重担，他把辛苦都默默承担着，没有对外抱怨过。为了能给奕维赚更多的钱治病复健，他一连去了三家未上市公司，其中一家最后成功上市，他们得以有足够的钱买了现在的住处。小公司的工作繁忙，其中的辛苦不言而喻。父亲平时把时间都花在工作上，只有周末时才有时间，也仅仅是租个电影光碟，全家一起欣赏。如果出门去看电影，不知奕维会不会做出异常举动，影响别人看。父亲在金钱上是慷慨的，对奕维上课需要的经费从来都很大方。

其实父亲去世一年前，身体状况已经异常，但是父亲依然扛着，继续没完没了地加班。医生要他休息一段时间，去看看中医调养一下，他去了几次也是因为工作忙就放弃了。就这样，有一天，他开车去机场送大儿子去墨西哥旅游，回来之后就突然病倒。经医院检查，是急性肝硬变，需要马上换肝。就在等待合适的肝脏移植的时候，医生发现，他内脏已经有感染，并且肾脏也死了。最后几天只能靠机器维持生命，人也没了意识。一星期后，终于不治而终，没有留下任何遗嘱。事情发生得太突然，韵如连丈夫的遗像都没有，只好找个认识画家的朋友，照着照片画了一幅。没有遗嘱，丈夫留下的许多事都要韵如慢慢处理。她不得不忍者巨大悲痛，来往于台湾和美国，处理丈夫留下的家族和公司里的纠纷。

这一场变故，让奕维也成长了不少。他开始学着安慰妈妈："妈妈别怕，我们会一起度过难关的。"奕维更加努力地学习。父亲的去世，让这个家庭马上面临的问题就是财务危机。因为走得太突然，父亲只留下了四十万的人寿保险，他们还欠着七十万的房屋贷款。韵如不得不又借了一个贷款，用来还第一个，剩下的钱继续给儿子教育之用。韵如本来在朋友的介绍之下，卖了一段时间的炊具。虽然这种新型炊具各方面都不错，但是不一定大家都认识到，买的人很少，即使有朋友介绍，生意也很有限。也有个别人袖手旁观，甚至落井下石，叫周围朋友不要买她的锅子。韵如觉得当下最要紧的是教育奕维，赚钱可以等奕维上大学之后，如果花太多时间赚钱，不但不能专心赚钱，也不能赚很多钱，还浪费许多时间。为了孩子，她决定一心一意教育孩子，把赚钱的事先放到一边。

他们制定了每天的学习计划，包括音乐：练习钢琴、古筝、爵士乐等。健康：每天坚持喝李子汁清理肠胃，吃维他命，日光浴，太极拳。

脑力：练习数学，学习科学。

阅读：读英文故事书。

口语：练习演讲，补充词汇量。

娱乐：在学习的空闲中，上网，玩游戏，看电影，玩拼图和乐高玩具

中文：拼音，注音符号，书写中文，背诵诗经。

生活技能：学习去银行存钱，去商店买东西，去洗衣服，倒垃圾，出门坐车，看地图，送信，烹饪。

社交：发电子邮件，脸书（Facebook）交流，交换名片，参加派对，结交新朋友，和人面对面交谈。

艺术：画中国画，中英文书法，做贺卡，摄影。

写作：学写日记，见闻，电子邮件，社交信件。

精细活动练习：学习剪指甲，用筷子，用剪子，编织衣物。

6.尾声：走出自闭症。

每一个自闭儿的家长都希望孩子能有生活自理能力，将来就算自己不在了，孩子也能独自生存。不但可以自己照顾自己，还可以有一技之长，自己养活自己。韵如为了这一天早日到来，付出了全部的精力。她牺牲了自己的娱乐时间，牺牲了自己的亲情。自从孩子诊断出自闭症以来，整整13年，她没有看过一部韩剧，没有煲过电话粥，没有自己参加过派对，全部的心血都花在了培养孩子身上。父母老了，她也无法回去台湾看望他们，只能通过视频和他们交流。

就这样，在韵如的精心教育之下，奕维学会了独自一人在社会上生活，还慢慢适应了群体中的交流。他喜欢交朋友，喜欢参加表演。台湾同乡会，客家同乡会，华人运动会等处都留下了他的身影。书画展览上，他的画作和书法作品也和许多名家放在一起展出。他的故事打动了许多人，电台电视台都找他做节目。一时间，他成了旧金山湾区的小名人。

但是韵如的头脑还很清醒，她说要完全走出自闭症，还有很长的距离要走，但是我们已经看见曙光了。她计划让奕维完成高中课程，考进大学。和正常孩子一样受教育。同时，她也在请人教奕维学习钢琴调音。因为奕维对音乐的敏感，韵如想到，也许将来奕维可以做钢琴调音师来养活自己。她不希望奕维像一些自闭儿那样，只能做扛大包等不需要技能的体力活。这样就失去了她苦心教育的意义了。奕维完全明白妈妈的心思，他一直都和妈妈配合得很好。尽管道路仍然崎岖，但这对母子依然坚强执着地向着目标前进。让我们祝愿他们心想事成，早日走出自闭症的天空！

医生家里走出来的大厨

身为第二代华人移民的后代，他没有像家长期望的那样，做医生律师等白领职业，却选择了做厨师，并且成就卓尔不凡，年纪轻轻就做到了高级日式法国餐馆的主厨。他就是奥斯卡获奖动画片《料理鼠王》的美食顾问洪麦克，旧金山日本城着名餐馆Bushi Lei的主厨洪麦克（Michael Hong）。

洪麦克出生在美国新泽西州一个普通的华人移民家庭。父亲来自广东，是一名医生，母亲是名护士。家里四个孩子，麦克排行老二，上面有个姐姐，下面有弟弟和妹妹。就像许多华人移民一样，出身于医学世家，父亲自然也是希望孩子们将来能够从事相关的职业，虽然不强迫他们个个都成为医生，但至少要在办公室里做名白领。麦克的姐姐继承父亲的衣钵，医学院毕业后，成为一名职业医生。但是到了麦克这里，基因就突变了。麦克从小就对厨房很感兴趣，别的小朋友在看童话书的年纪，他却捧起了成人才感兴趣的食谱书吃力地读了起来。平时，别的小朋友都在看卡通片，他却选择了美食频道津津有味地看了起来。他觉得荧屏里那些厨师有着神奇的魔法，可以把普通的食物做得像艺术品，太不可思议了，他暗下决心，将来也要做一个出色的厨师。

12岁那年，他斗胆偷偷摸进厨房，点着炉子，悄悄在平底锅里放了油，打了个鸡蛋在上面，听着滋滋的煎蛋声，他觉得有无比的自豪感，终于自己能够下厨房做饭了。父亲看见了，又是高兴，又是担心。高兴的是麦克终于可以自己照顾自己了；担心的是，这孩子这么喜欢做饭，万一将来想当厨师可不行。厨师怎么说也是蓝领，哪有家长辛辛苦苦把孩子送去好学校，就是为了将来当一名厨师呢？他收敛起笑容，严肃地对麦克说："我知道你喜欢做饭，但是作为业余爱好，玩玩就可以了，不能当成终生职业的，你将来可不准当厨师啊！"害羞而温顺的麦克点点头，心里暗暗把梦想压了下去。

麦克按照父亲的要求，把每一门功课都念好，但是课业之余，心中的梦想还是会时时跃出来。这时候弟弟也长大懂事了，在麦克的影响下，他居然也喜欢上了烹饪！兄弟俩经常看铁人料理、美食联网、茱莉亚的美食料理、甄能煮等美食节目，也常常借来烹饪节目的录像带在家里看。两人还一起讨论烹饪方面的问题。弟弟经常对他说："哥，我觉得你特别适合当厨师，将来你就做一名厨师吧！"听了这话，麦克心里一动，这何尝不是自己想要的理想呢？但是父亲会支持吗？

几年过去，麦克上中学了，他还是一如既往地热爱着烹饪，但也只能在心里暗地喜欢着。他已经不满意做那些简单的煎蛋之类的小儿科菜了。他要做点复杂的，能显示手艺的东西。这天，他又进了厨房，待了很久，终于捧出一碗蛋炒饭端到父亲面前。父亲拿起筷子尝尝，很是惊喜，味道不错啊！这蛋炒饭看似简单，做好却不易。蛋要炒的火候恰到好处，老嫩适度，米要散，要稍微硬一些，吃起来才有嚼头，一大盘炒饭蓬蓬松松，黄白相间，香气扑鼻。父亲禁不住表扬："小子手艺不错了嘛！"他紧接着就加了一句："喜欢烹饪只能当业余爱好……"麦克接着父亲的话："我知道，不能当职业。"父亲点点头："恩，你明白就好。"

麦克中学毕业后，既没有选择自己喜欢的烹饪学校，也没按照父亲的希望读医科，而是选择自己也喜欢的文学系读书。几年下来，麦克大学毕业了，在纽约一间公司做了朝九晚五的白领。每天对着电脑敲着键盘，输录着客户的信息，枯燥而无聊。他整天面对着电脑发呆，这难道是他要的生活吗？他的心里又不安分起来，那个做厨师的梦想再次冲击着他，但是他内心又有些胆怯，我能行么？我真的能为一名成功的厨师吗？他对自己没有那么自信。

这天，弟弟来找他："哥，我已经报名去厨师学校了，你也一起来吧！我早就说过，你应该成为一名厨师的。”这一席话，可把麦克大大震撼了，这个比自己年纪还小的弟弟已经勇敢地选择自己的梦想了，他却还在这里犹犹豫豫。他心里酸酸的，甚至升起了一股莫名的嫉妒。弟弟都去学厨了，那我还等什么？

他再次找到了父亲，鼓起勇气说：“父亲，我想辞职去厨师学校学习。弟弟都去了。”父亲听了，默默地叹口气，这一天终于还是来了。他缓缓地说：“我明白，你这么执著就去吧！不要担心钱的事，我会全力支持你。”麦克感动得几乎掉下眼泪，他用颤动的声音说：“谢谢父亲。”父亲加了一句：“不过我有个要求，你必须在学校里努力学习，取得好成绩，行吗？”“行”，麦克坚决地说。

就这样，麦克和弟弟一起来到纽约的厨艺学校学习。在学校里，麦克如鱼得水，虽然不少技能他早就自学过，但是这里教了更多其他的知识，比如食品卫生安全，餐馆管理，食品营养等，麦克和弟弟同一个宿舍，哥儿俩平时在课堂上认真学习，课下交流经验和心得。两个人的厨艺水平都进步很快。麦克更是门门优秀，取得了全A的成绩。看到这样亮丽的成绩单，父亲也非常欣慰，看样子，这孩子的路是选对了。

厨师学校没有学位，两年学成之后，只给一个副学位证书。父亲对哥儿俩的要求是，想学厨可以，但是必须把本科念完。现在，已经得到本科学位的他们没有后顾之忧，在厨师学校里尽情地吸收厨艺知识，并施展着才华。第一年，学校里就接到了参加国际厨师奥林匹克竞赛的任务。麦克和同学们来到德国，为参赛作品做准备。他们的参展作品之一是一个前菜的拼盘。他们要苦思冥想，怎么把拼盘做得即美观大方，又能激起食欲。每一个细节都不能忽视。他们要用刻刀将细小的食物刻出精美的图桉，再在上面刷一层亮丽的明胶。光是明胶这部分就花了麦克不少时间，他反复试验，在明胶中加入澹澹的橙子口味，让食物散发着水果香气，还带着隐隐的橙色，美丽而诱人。真正刷胶的时候，他又小心翼翼，生怕刷厚了，影响外观。在比赛的6天时间里，麦克夜以继日地工作着，总共只睡了一个晚上。功夫不负有心人，麦克的团队在最后获得三枚银牌和三枚铜牌。消息传回美国，连父亲都为他感到骄傲。他终于梦想成真，做了自己最想做的事了。

麦克的高超厨艺很快就在学校里流传开了。连教务处的女主任都听说了，她找来麦克说："听说你菜做得很不错，做个烤鸡排给我尝尝。"麦克就用细嫩的鸡胸肉，在烤炉上两面稍微煎一煎，撒上少许盐和各种香料。当香气四溢的烤鸡排端上来，女主任切开鸡肉，只见厚厚的鸡胸肉汁水丰富，肉质鲜嫩可口，火候恰到好处，咸谈适宜，滋味清谈却不失丰富。她赞叹道，我从没吃过这么好的鸡肉。做教导主任这么多年，她阅人无数，那么多学厨艺的学生里，这一个手艺最好。能得到这样的夸赞，麦克心里也感到高兴，毕竟她见多识广，被这样的人肯定是值得骄傲的。

按说，麦克就这样在厨师学校学下去，可以很轻松地完成学业，拿到证书，去一家很好的餐馆工作，但是他的那颗心又不安分了。

麦克堕入情网了。在一次聚会中，他经朋友介绍，认识了一个来自旧金山的女孩，女孩在著名电影公司皮克斯做制片助理，正好来波士顿出差。麦克和女孩一见钟情，开始了长距离恋爱。耐不住相思之苦，麦克决定追随女孩去加州。可是他只完成了一半的学业，剩下的一半怎么办？他有自己的想法，一个好的厨师是在实战中学习的。如果不能早日进入实际操作，那么一切理论都是空谈。旧金山是美食天堂，那里餐馆林立，各国风味都有，他去了一定能找到自己的位置。他做出了一个大胆的决定：退学去旧金山。这一次，父亲没有拦着，他对麦克说："我理解你的选择，我也相信你一定能做好，我支持你。"

一到旧金山，麦克接到了不少面试。餐馆的面试和普通的工作面试不同，除了问问题，还要求你在餐馆和其他厨师们工作一天，真刀真枪地干活，你水平怎么样，是不是适合这个餐馆，这才能看得出来。在顶尖厨师Traci Des Jardins经营的着名饭店Jardiniere，麦克开始了严格的面试，他跟着厨师们一起做沙拉，准备晚餐，还要帮助清洗厨房。一天下来，大家一致给予他好评。他如愿以偿得到了这份工作。这是一个新的开始，他在实践中学到很多新的经验，这些是在学校里永远学不到的。

就在他事业刚刚起步的时候，他也迎来了人生的另一个极为难得的机会。在电影公司工作的女友告诉他，公司正在拍摄一部美食为主的动画片《料理鼠王》，讲一只小老鼠通过自己的努力成为厨师的故事。里面需要一些做菜的画面，要找一个厨师做他们的美食顾问，为他们设计菜单，提供一些美食上的资讯。麦克第一次跨进了电影厂的大门，看着那些宽阔的摄影棚里忙碌拍片的身影，形形色色的电影器材和特效设施，这一切都让他感到新奇和大开眼界。他和动画师们切磋，讨论怎么将美食付诸3D动画的形式。导演要求他设计完菜单后，按照真正厨师的要求，把这些菜再做一遍，他们把做菜过程拍下来，作为动画片的脚本素材。

实拍那天，麦克像在餐馆厨房一样，一丝不苟地按菜单上的菜色准备着。他切菜，颠炒锅，一招一式都有板有眼。忽然，导演叫停。他一愣，以为自己做错了什么。原来导演发现他手臂上有一个个伤疤。导演问："那些伤疤是怎么回事？""哦，烹调食物的时候受的伤。"他不经意地回答，"油星溅起来烧伤的，热水溢出来烫的，烤炉里的火星子灼伤的……"导演听了深有感触，他悄悄对摄影师说，给那些伤疤一些特写。重新拍摄时，那些伤疤都被拍了进去，它们后来成为男主角被小老鼠指挥做菜时咬伤的素材。电影公司把麦克做的菜拍成照片，再由其他人用粘土做成模型，最后拍成3D电影。

影片在全世界各地上映，取得了巨大成功。小老鼠变身厨师的励志过程也是麦克本人追求梦想的真实写照。除了温馨的故事，电影里那一道道精美的令人垂涎的菜肴也让人难忘。这部电影在全球票房达6亿多，并一举获得了奥斯卡最佳长篇动画片奖等12个大奖。片尾的美食顾问名单上，麦克的名字也和其他顶级厨师，如托马斯·凯勒等（美国最好的法国餐厅，人均最低消费400美元的French Laundry的主厨）并列在一起。这是一个极大的荣誉。那一年他只有27岁，还不到30岁。父亲看到了特意向他祝贺："恭喜你，我为你骄傲！"

虽然麦克和那个女孩的恋情无疾而终，但是这次经历无疑为他的厨师生涯写下了绚丽的一笔！

拍完电影，麦克回到Jardiniere继续做他的厨师，这时候，他已经升到二厨了。他希望能去不同餐馆，体验一下不同的经验。于是，他转到Lark Creek Inn和Bacar等餐厅体验不同的厨房布局和管理特色。Jardiniere再次向他摇出橄榄枝，在辗转几个餐厅之后，他又回到老东家。老板Traci Des Jardins对他欣赏有加，本来希望他一直做下去。然而，另一个新的机会来了。

旧金山日本城的进出口商人Tar鉴于周围餐馆都是日式拉面，韩国烤肉等普通餐厅，缺少有特色的高级餐馆，决心在这里打造一个全新的日式法国餐馆，将日式健康营养的食材与法式精致细腻的烹饪完美结合，吸引高端食客。麦克的一个朋友将Tar正在为餐馆找大厨的消息告诉了他。麦克心动了，他联系上了Tar，两人讨论了将来餐馆的菜单，他们的理念一拍即和，都认为要按时令推出表现当季的菜色。就这样，才刚刚三十出头的麦克跳槽进了这家新张餐厅Bushi Tei，成为了主厨。

麦克清早就和老板去菜场挑选食材，从渔港到农贸市场，每一款食材都不马虎。蔬菜尽量选当季的、有机的，最好是新摘的，没有储藏很久的。肉和鱼也是尽量选最好的。菜单上一款烤黑鳕鱼是每天从渔港买的新鲜鱼。由于熟悉亚洲文化，麦克把日本和中国的食材也运用到了菜单中。比如烤鳕鱼里配了中国广式香肠片和青江菜，而炒面里又加了美式菜瓜和毛豆。每一道菜都是他精心设计，每两三个星期，菜单就换一次，食材也随着时令而改变，客人不会吃腻。麦克来这家餐厅之前，餐厅的菜单，冬天那部分几年都没变过。麦克来了之后，对菜单进行大刀阔斧地改造，变成一个各族裔都喜欢的综合菜单。

餐厅开张后，客人络绎不绝，媒体上好评如潮。这一天，餐厅里来了一名贵客，她就是Jardiniere的女老板Traci Des Jardins，服务员一见大人物光临，忙说要去请主厨出来迎接，女老板却摆摆手，示意不要惊动他。她悄悄选个角落坐下，点了几个菜。麦克并不知道外面有挑剔的前老板在审查他的水平。菜端上来，女老板尝了一小块，频频点头，当场露出满意的笑容。她对服务员说："去告诉主厨，我对他的菜很满意。"麦克推开厨房的门走出来，却见昔日的老板坐在那里，惊喜得不知说什么好。女老板笑盈盈地说："我本来还琢磨着是不是再请你回到我们那里做，但是现在看来，显然不必了，你在这里做得很好。"没过多久，女老板在著名报刊《Huffington Post》上撰文盛赞麦克的厨艺。

到过Bushi Tei吃饭的人都对麦克的烹饪水准赞不绝口。谁能想到，如此精致美味的菜肴出自这么年轻的一位大厨之手呢？原来中国人也可以把法国菜做得如此之好。面对成绩，麦克头脑还很冷静。他对未来有着自己的规划。在这里做几年大厨积累一些经验，将来要开自己的餐馆。与此同时，麦克工作之余，还在旧金山大学继续攻读文学硕士学位。他也在《旧金山纪事报》上开设专栏，将自己的烹饪心得与人生感悟，用优美的文字记录下来，与读者分享。他甚至设想，将来会把美食与文学结合起来，写出自己独特风格的小说。

对此，父亲是无条件支持。他曾经问过父亲：“你为何不再坚持让我们读医学院了呢？”父亲笑着说：“你以为我就那么想当医生么？学医也不是我的梦想啊，还不是因为这个职业赚钱多，我可以养活你们一大家子人？我做得不那么快乐，怎么还能强迫你们做？”麦克听了很感动，父亲牺牲了自己的兴趣爱好，为的就是他们能够选择自己的梦想。麦克和弟弟都没有辜负父亲的嘱托，在餐馆业取得了一定的成就。弟弟一毕业就在自家附近开了外卖店，为很多政要名流做派对外卖。他店里的贝果（犹太人的硬面圈）曾经获得“新泽西最好的贝果”称号。在追求梦想的过程中，小哥儿俩总是互相鼓励着。

麦克一直有个梦想，把中餐和法国餐结合起来。或许将来有那么一天，世界上会出现一个新的菜系——中式法国菜，而它的创建者叫洪麦克。